Ueberreuter Klassiker

In 80 Tagen um die Welt

Außerdem in der Klassiker-Reihe erhältlich:

Harriet Beecher-Stowe, Onkel Toms Hütte
Gottfried A. Bürger, Münchhausen
Frances Burnett, Der kleine Lord
James F. Cooper, Lederstrumpf
James F. Cooper, Lederstrumpf 2 - Der letzte Mohikaner
Daniel Defoe, Robinson Crusoe
Charles Dickens, David Copperfield
Charles Dickens, Oliver Twist
Till Eulenspiegel
Jack London, Der Seewolf
Jack London, Wolfsblut
Herman Melville, Moby Dick
Howard Pyle, Robin Hood
Johanna Spyri, Heidi
Robert L. Stevenson, Die Schatzinsel
Robert L. Stevenson, Dr. Jekyll und Mr Hyde
Mark Twain, Huckleberry Finn
Mark Twain, Tom Sawyer
Jules Verne, 20.000 Meilen unter dem Meer

10. Auflage 2025

Ritterstraße 3, 10969 Berlin
produktsicherheit@ueberreuter.de
ISBN 978-3-7641-7061-5

ISBN 978-3-8000-5499-2

ISBN 978-3-8000-2979-2

Umschlagillustration: Marek Zawadzki
Umschlaggestaltung: Martin Gubo
Textbearbeitung und -kürzung: Anne Lösch
Druck und Bindung: GGP Media GmbH, Pößneck
Gedruckt auf Papier aus geprüfter nachhaltiger Forstwirtschaft.

www.ueberreuter.de

Jules Verne

IN 80 TAGEN UM DIE WELT

Altersgerechte gekürzte Jugendbuchausgabe

ueberreuter

I

Im Jahre 1872 wurde das Haus Nummer 7 in der Saville Row – in dem 1814 der Dramatiker und Politiker John Sheridan gestorben war – von Herrn Phileas Fogg bewohnt. Herr Fogg zählte zu den sonderbarsten und bemerkenswertesten Mitgliedern des Londoner Reform-Klubs, obgleich ihm offenbar sehr daran gelegen war, keinesfalls etwas zu tun, das Aufmerksamkeit erregen könnte. Eine rätselhafte Persönlichkeit, über die niemand etwas wusste, galt er dennoch als einer der galantesten Kavaliere und bestaussehenden Gentlemen der feinen englischen Gesellschaft.

Vom Scheitel bis zur Sohle Engländer, war Phileas Fogg vermutlich kein Londoner. Kein Mensch hatte ihn nämlich jemals an der Börse, in irgendeiner Bank oder in einer der Handelsniederlassungen der Innenstadt gesehen. An keinem Dock hatte je ein Schiff angelegt, dessen Reeder Phileas Fogg geheißen hätte. Er gehörte keinem Aufsichtsrat an und war niemals vor einem Gericht erschienen, um Klage zu führen. Er war weder Industrieller noch Grossist, weder Kaufmann noch Landwirt. Von der *Königlich britischen Gesellschaft* über die *Londoner Handwerkskammer*, die *Literarische Vereinigung des Westens*, den *Vereinigten Verband für Wissenschaft und Künste* bis hin zum *Harmonikaklub* und der *Entomologischen Gesellschaft zur Vernichtung schädlicher Insekten* konnte sich keine einzige Institution seiner Mitgliedschaft rühmen.

Phileas Fogg war Mitglied des Reform-Klubs. Das war alles.

Falls sich jemand darüber wunderte, dass ein solch mysteriöser Herr zu den Mitgliedern dieser vornehmen Vereinigung zählte, so ließ man ihn wissen, dass Herr Fogg seine Aufnahme der Empfehlung der Gebrüder Baring verdanke, bei denen er über unbeschränkten Kredit verfüge, was immerhin auf ein gewisses Vermögen sowie geordnete Verhältnisse schließen lasse. Herr Fogg war weder verschwenderisch noch geizig und half, meistens anonym, überall da, wo es nützlich und sinnvoll erschien. Man konnte sich kaum einen weniger mitteilsamen Herrn vorstellen als ihn, und er schien ebenso mysteriös wie schweigsam zu sein. Indessen verlief sein Leben nach einem strengen Plan, und sein Tagesablauf war so minutiös festgelegt, dass die Fantasie vergeblich nach einem Spielraum gesucht hätte.

Herr Fogg kannte sich auf der ganzen Welt aus wie kaum ein Zweiter. Er musste also weit gereist sein – wenn auch vielleicht nur mit dem Finger auf der Landkarte. Denn es stand fest, dass er London seit Jahren nicht verlassen hatte. Das konnten all jene bestätigen, denen die Ehre zuteil geworden war, ihn ein bisschen näher zu kennen. Tagtäglich kam er in den Klub und seine einzige Beschäftigung bestand darin, die Tageszeitungen zu lesen und Whist zu spielen. Das ist ein Kartenspiel für vier Teilnehmer, bei dem sich jeweils zwei Partner gegenübersitzen und gegen die beiden anderen spielen. Heute würden wir es Bridge nennen. Herr Fogg gewann häufig und spendete seine Gewinne stets einem guten Zweck. Denn er spielte um des Spielens willen und nicht, um zu gewinnen.

Niemand hatte jemals etwas von einer Frau Fogg oder von Kindern gehört, was aber selbst bei einem sehr feinen Herrn nicht unbedingt etwas zu bedeuten haben musste. Ungewöhnlich war es hingegen, dass auch von Verwandten oder Freunden nichts bekannt war. Phileas Fogg lebte mutterseelenallein in seinem Haus in der Saville Row, zu dem außer seinem einzigen Diener niemand Zutritt hatte. Sein Mittagessen und sein Abendessen nahm er im Klub ein, täglich um die gleiche Stunde und am selben Tisch, drängte sich niemandem auf und lud niemanden ein und kehrte Punkt Mitternacht in sein Haus zurück, ohne sich jemals eines der komfortablen Schlafräume zu bedienen, die der Klub seinen Mitgliedern zur Verfügung stellte. Von vierundzwanzig Stunden verbrachte er somit zehn in seinem Haus, wobei er entweder schlief oder sich seiner Toilette widmete. Denn Küche und Keller des Klubs versorgten ihn mit den besten Speisen und Getränken, und die schwarz befrackten, schweigsamen Diener kamen lautlos und unaufdringlich in Filzschuhen an seinen mit sächsischem Leinen gedeckten Tisch, um ihm in böhmischem Kristall seinen Sherry oder seinen Portwein zu servieren.

Wenn so das Leben eines Exzentrikers aussieht, dann muss man zugeben, dass das Exzentrische durchaus etwas Angenehmes hat.

Ohne prunkvoll zu sein, zeichnete sich das Haus in

der Saville Row durch höchsten Komfort aus. Und da der Hausherr strenge Gewohnheiten hatte, beanspruchte er keine übertriebenen Dienste. Er bestand allerdings auf absoluter Zuverlässigkeit und Pünktlichkeit. Genau an diesem Tag, dem 2. Oktober, hatte Phileas Fogg seinen Diener James Forster entlassen – der es gewagt hatte, ihm das Rasierwasser mit einer Temperatur von vierundachtzig Grad Fahrenheit statt der geforderten sechsundachtzig Grad zu bringen. Und nun wartete er auf dessen Nachfolger, der sich zwischen elf Uhr und elf Uhr dreißig vorstellen sollte.

Herr Fogg saß aufrecht in seinem Lehnstuhl, die Füße gerade nebeneinandergestellt, die Hände auf die Knie gelegt, und beobachtete den Zeiger der Standuhr. Mit Glockenschlag halb zwölf würde er gewohnheitsgemäß das Haus verlassen und sich zum Reform-Klub begeben. In diesem Augenblick klopfte es an der Tür des kleinen Salons, in dem Herr Fogg saß, und der entlassene James Forster erschien.

»Der neue Diener«, sagte er.

Ein Bursche von ungefähr dreißig Jahren zeigte sich und grüßte.

»Sie sind Franzose und heißen John?«, fragte ihn Phileas Fogg.

»Jean, wenn's beliebt«, entgegnete dieser. »Jean Passepartout. Ein Name, der aufgrund meiner Fähigkeit, mich aus jeder Bedrängnis zu befreien, an mir hängen blieb. Ich halte mich für einen ordentlichen Kerl, gnädiger Herr, aber, um ehrlich zu sein, habe ich schon einige Berufe ausgeübt.«

Fahrender Sänger sei er gewesen, berichtete Passepartout (was auf Deutsch einerseits Dietrich heißt und andererseits so etwas wie *kommtüberalldurch* bedeutet), Zirkusreiter, Seiltänzer, Lehrer für Leibesübungen und dann Feuerwehrmann in Paris. Aber vor fünf Jahren habe er Frankreich verlassen, um in England als Kammerdiener mehr Familienanschluss zu finden.

»Nachdem ich jetzt ohne Stellung bin und hörte, dass Herr Fogg der pünktlichste und sesshafteste Herr des Vereinigten Königreichs sein soll, stelle ich mich dem gnädigen Herrn vor und hoffe, hier in Frieden leben und meine Vergangenheit wie auch den Namen Passepartout vergessen zu können …«

»Passepartout gefällt mir«, entgegnete Herr Fogg. »Sie wurden mir empfohlen. Kennen Sie meine Bedingungen?«

»Ja.«

»Gut. Wie viel Uhr haben Sie?«

»Elf Uhr zweiundzwanzig«, erwiderte Passepartout und zog eine riesige silberne Taschenuhr aus seiner Westentasche.

»Ihre Uhr geht nach«, sagte Herr Fogg.

»Verzeihung, gnädiger Herr, aber das ist unmöglich.«

»Um vier Minuten. Aber lassen wir das. Wichtig ist, es festgestellt zu haben. Sie stehen also ab heute, 2. Oktober 1872, elf Uhr neunundzwanzig, in meinen Diensten.«

Phileas Fogg erhob sich, setzte mechanisch seinen Hut auf und verschwand ohne ein weiteres Wort. Passepartout hörte, wie die Haustür einmal ins Schloss fiel: Das war sein neuer Dienstherr, der ausging. Sie fiel ein zweites Mal ins Schloss: Das war sein Vorgänger James Forster, der seinen Posten verließ. Passepartout blieb allein im Haus zurück.

»Meiner Treu«, dachte er sich. »Im Wachsfigurenkabinett der Madame Tussaud habe ich einige Leute gesehen, die genau so lebendig wirkten wie mein neuer Herr.«

Trotz der eher flüchtigen ersten Begegnung mit Phileas Fogg hatte Passepartout seinen neuen Herrn sorgfältig gemustert: Er war ein Mann von ungefähr vierzig Jahren, groß, schlank und hatte ein feines, eher blasses Gesicht. Haare und Backenbart waren blond, die Stirn glatt und ohne Falten, und wenn er sprach, blitzten leuchtend weiße Zähne hervor. Ruhig, gelassen, mit klarem Blick, schien er die personifizierte Pünktlichkeit und der Inbegriff des stoischen Engländers zu sein, wie man ihn im Vereinigten Königreich so häufig antrifft. Herr Fogg gehörte zu jenen Menschen von mathematischer Exaktheit, die, niemals überhastet und doch stets auf alles vorbereitet, ihre Schritte abzirkeln und ihre Gesten höchst sparsam verwenden. Kein Mensch hatte ihn je gerührt oder aufgeregt gesehen. Es ist allerdings begreiflich, dass er völlig allein und ohne soziale Kontakte lebte. Er wusste, dass das Leben Reibereien mit sich bringt, und da so etwas zu Verspätungen führen kann, rieb er sich an niemandem.

Was Jean betrifft, genannt Passepartout, so war er ein waschechter Pariser. Seit nunmehr fünf Jahren lebte er als Leibdiener in London und hatte bisher vergeblich nach einem Herrn gesucht, dem er sich in wirklicher Treue verbunden fühlen konnte. Er war keinesfalls hochnäsig, sondern ein braver, anständiger und aufgeschlossener Kerl. Seine eher zur Fülle neigende Figur, seine blauen Augen und die frische Gesichtsfarbe verrieten nichts über seine starken Muskeln und die riesige Kraft, die in ihm steckte. Würde er jener Diener sein, den sein neuer Herr brauchte?

Wie wir wissen, war seine Jugend recht bewegt verlaufen, und nun sehnte er sich nach Ruhe. Nachdem er die englische Methodik und die sprichwörtliche Kühle und Gelassenheit der englischen Oberschicht hatte rühmen hören, ging er nach England, um dort sein Glück zu suchen. Doch bisher hatte er es nicht gefunden und nirgendwo Wurzeln schlagen können. In zehn Häusern hatte Passepartout gedient. Und überall war die Herrschaft überspannt, launenhaft, abenteuerlustig oder zu reiselustig gewesen – und das mochte er nicht. Seinen letzten Herrn, den jungen Lord Longsferry, Mitglied des Oberhauses, hatte die Polizei zu oft nach ausgiebigen Besuchen der Austernkneipen am Hay Market nach Hause schleppen müssen, und Passepartout, der seinen Herrn vor allem zu respektieren wünschte, riskierte einige höfliche Bemerkungen, die schließlich dazu führten, dass er seinen Dienst quittieren musste. Nun stand er also seit zwei Minuten in den Diensten von Herrn Phileas Fogg.

Es hatte gerade halb zwölf geschlagen, Passepartout befand sich allein im Haus und beschloss, dieses vom Keller bis zum Dachboden zu inspizieren. Es erinnerte ihn an ein properes, puritanisches, leicht in Ordnung zu haltendes Schneckenhaus – aber ein Schneckenhaus, das, hochmodern, mit Gas beheizt und beleuchtet wurde. Es gefiel ihm ganz außerordentlich. Im zweiten Stock fand er ohne Mühe das offenbar ihm zugedachte Zimmer. Elektrische Klingeln sowie Hörschächte verbanden es mit der ersten Etage und dem Zwischenstock des Hauses. Über der Uhr auf dem Kaminsims bemerkte er ein dort angebrachtes Papier. Es war sein täglicher Dienstplan. Von acht Uhr morgens, wenn Phileas Fogg aufstand, bis halb zwölf, wenn er sich zum Mittagessen in den Reform-Klub begab, waren alle Einzelheiten festgelegt: Tee und Toast um acht Uhr dreiundzwanzig, das Rasierwasser um neun Uhr siebenunddreißig, Frisieren um zwanzig Minuten vor zehn und so weiter. Die weiteren Eintragungen betrafen die Zeit von halb zwölf bis Mitternacht, wenn Herr Fogg nach Hause zurückkehrte und zu Bett ging. Alles war genauestens festgelegt. Passepartout war begeistert und begab sich sofort daran, die gesamte Liste auswendig zu lernen.

Die Garderobe seines neuen Herrn zeugte von erlesenem Geschmack. Jede Hose, jedes Jackett und jede Weste trugen eine Nummer, die wiederum in einer Liste aufgeführt war, aus der genau hervorging, an welchem Tag des Jahres, den Jahreszeiten entsprechend, jedes Kleidungsstück zu tragen wäre. Kurz gesagt, die gesamte Ausstattung dieses Haus in der Saville Row – das zu Zeiten des illustren, aber vergnügungssüchtigen Sheridan ein Hort der Liederlichkeit gewesen sein musste – kündete von einem angenehmen und sorgenfreien Leben. Es gab keine Bibliothek und keine Bücher, was auch für Herrn Fogg ganz nutzlos gewesen wäre, da der Reform-Klub sowohl über eine literarische wie auch über eine Bibliothek der Staats- und Rechtswissenschaften verfügte.

Im ganzen Haus fand Passepartout keine einzige Waffe

und nicht ein Jagd- oder Kriegsgerät. Alles ließ auf ausschließlich friedliebende Gewohnheiten schließen. Passepartout rieb sich die Hände: »Wir werden uns wunderbar verstehen, Herr Fogg und ich! Ein pünktlicher, häuslicher Herr! Ein richtiges Chronometer! Nun gut, ich habe nichts dagegen, einem Chronometer zu dienen.«

Nachdem Phileas Fogg sein Haus um halb zwölf verlassen und fünfhundertfünfundsiebzig Mal den rechten Fuß vor den linken sowie fünfhundertfünfundsiebzig Mal den linken Fuß vor den rechten gesetzt hatte, erreichte er den Reform-Klub. Unverzüglich ging er in den Speisesaal, dessen neun Fenster auf einen schönen, bereits herbstlich gefärbten Garten hinausgingen. Sein Tisch war bereits gedeckt.

Das Mittagessen bestand aus einer Vorspeise, gekochtem Fisch mit Reading Sauce, danach Roastbeef mit Champignons, zur Nachspeise gab es einen Kuchen mit einer Füllung aus Rhabarber und Stachelbeeren und zum Abschluss Chester Käse. Dazu einige Tassen des ausgezeichneten Tees jener Spezialsorte, die der Klub seinen Mitgliedern servierte.

Um zwölf Uhr siebenundvierzig begab er sich in den großen Salon. Dort reichte man ihm die noch nicht aufgeschnittene *Times*. Hierzu muss man wissen, dass zur damaligen Zeit die Zeitungen in großen Bögen gedruckt und zusammengelegt wurden, die der Leser dann oben und unten auseinanderschneiden musste. Das bedurfte einer gewissen Kunstfertigkeit, die Phileas Fogg meisterhaft beherrschte. Die Lektüre der *Times* dauerte bis drei

Uhr fünfundvierzig, die des *Standard* bis zum Abendessen.

Um zwanzig Minuten vor sechs begab sich Herr Fogg erneut in den großen Salon, um sich in den *Morning Chronicle* zu vertiefen, und eine halbe Stunde später betraten einige weitere Klubmitglieder den großen Salon, in dem ein großes Feuer brannte. Mit diesen Herren pflegte Herr Fogg Karten zu spielen. Es handelte sich um so hoch angesehene Persönlichkeiten wie den Herrn Ingenieur Andrew Stuart, die Bankiers John Sullivan und Samuel Fallentin, den Bierbrauer Thomas Flanagan sowie Herrn Walter Ralph, Vorstandsmitglied der Bank von England.

»Nun, Ralph«, fragte Thomas Flanagan, »wie steht's jetzt mit dem Bankraub?«

»Meiner Meinung nach«, sagte Andrew Stuart, »wird die Bank ihr Geld wohl nie wiedersehen.«

»Im Gegenteil«, entgegnete Herr Walter Ralph. »Ich bin überzeugt, dass wir den Dieb bald gefasst haben werden. In Amerika wie in Europa sind in allen wichtigen Häfen die tüchtigsten Kriminalbeamten postiert. Er dürfte kaum entkommen.«

»Gibt es denn eine Personenbeschreibung?«, fragte Andrew Stuart.

»Zunächst einmal haben wir es hier nicht mit einem gewöhnlichen Dieb zu tun«, erklärte Walter Ralph bedächtig.

»Womit dann? Immerhin wurden fünfundfünfzigtausend Pfund gestohlen.«

»Der *Morning Chronicle* behauptet, dass es ein Gentleman war.«

Diese Bemerkung kam von Phileas Fogg, dessen Kopf hinter einer Zeitung auftauchte. Die Herren begrüßten sich.

Der Fall, der in sämtlichen Zeitungen lebhaft diskutiert wurde, hatte sich vor drei Tagen zugetragen. Ein Bündel Banknoten in der unglaublichen Höhe von fünfundfünfzigtausend Pfund war vom Tisch des Hauptkassierers der Bank von England entwendet worden. Auf die erstaunte Frage, wie das denn geschehen konnte, erklärte Walter Ralph lediglich, der Mann habe in dem Moment eine Quittung über drei Shilling six Pence ausgestellt, und man könne seine Augen schließlich nicht überall haben.

Zum besseren Verständnis sollte hier angefügt werden, dass der Bank von England, diesem vortrefflichen Institut, die Wahrung der Würde ihrer Kunden sehr am Herzen lag. Es gab keine Wächter, die auf das Geld aufpassten, und keine Gitter, hinter denen es verschlossen war. Gold, Silber und Banknoten lagen offen da. Niemals hätte jemand die Ehrbarkeit eines Menschen angezweifelt, der die Bank von England betrat. Ein guter Kenner englischer Bräuche erzählte sogar diese Geschichte: Eines Tages befand er sich in der Bank und wollte einen Goldbarren betrachten, der ungefähr drei Kilo wog. Er nahm ihn vom Tisch des Kassierers, begutachtete ihn und reichte ihn seinem Nachbarn. Dieser tat es ihm gleich, der nächste ebenso, der Goldbarren machte die Runde und landete nach einer halben Stunde wieder auf dem Tisch des Kassierers, der während des gesamten Vorgangs nicht einmal den Kopf gehoben hatte.

Doch diesmal war es anders. Das Geld war weg und in Liverpool und Glasgow, in Le Havre und in Suez, in Brindisi, New York und vielen anderen Häfen suchten Kriminalbeamte mit der Aussicht auf eine hohe Erfolgsprämie fieberhaft nach dem geflüchteten Dieb und kontrollierten alle ankommenden und abreisenden Passagiere. Man ging davon aus, dass der Dieb keiner der bekannten Banden angehörte, weil am 29. September, am Tag des Geldraubs, ein vornehm auftretender, gut gekleideter Gentleman mit besten Manieren beobachtet worden war, wie er den Auszahlungsraum betrat und wieder verließ. Diese Personenbeschreibung war an alle Kriminalkommissare des Vereinigten Königreichs und auf dem Kontinent geschickt worden, und Optimisten wie Walter Ralph gingen davon aus, dass der Dieb demzufolge schnell gefasst sein würde.

Die Herren setzten sich an einen Whisttisch und begannen zu spielen. Während des Spiels wurde nicht gesprochen, doch wenn eine neue Partie gemischt wurde, kam man natürlich wieder auf das Thema zurück.

»Ich glaube, dass seine Chancen nicht schlecht stehen, denn er muss ja wohl ein geschickter Mensch sein«, meinte Andrew Stuart.

»Aber ich bitte Sie, wo soll er denn hin? In welches Land könnte er flüchten?«, entgegnete Ralph.

»Die Welt ist groß«, sagte Andrew Stuart.

»Das war sie einmal …«, sagte Phileas Fogg mit halblauter Stimme. »Aber bitte, Herr Flanagan, es ist Ihr Stich.«

Sie verfielen wieder in Schweigen. Doch bei nächster Gelegenheit begann Andrew Stuart von Neuem: »Was soll das heißen? Ist die Welt etwa kleiner geworden?«

»Zweifellos. Da muss ich Herrn Fogg zustimmen. Man kann sie heute zehnmal so schnell befahren wie vor hundert Jahren. Und das wird in unserem Fall die Suche erleichtern.«

»Aber auch die Flucht.«

»Ihr Spiel, Herr Stuart«, sagte Phileas Fogg.

Doch Andrew Stuart ließ sich nicht so leicht entmutigen und nahm kurz darauf den Faden wieder auf: »Zugegeben, Herr Ralph, Sie haben eine nette Erklärung dafür gefunden, dass die Welt kleiner geworden sein soll. Zumal man sie ja jetzt schon in drei Monaten umfahren kann ...«

»In achtzig Tagen«, sagte Phileas Fogg.

»Stimmt, meine Herren«, fügte John Sullivan hinzu. »In achtzig Tagen. Seit die Teilstrecke zwischen Rothal und Allahabad auf dem indischen Subkontinent für den Eisenbahnverkehr freigegeben wurde. Und so steht's im *Morning Chronicle:*

London – Suez durch den Mont-Cenis und über Brindisi		
per Bahn und Schiff	7	Tage
Suez – Bombay per Schiff	13	Tage
Bombay – Kalkutta per Bahn	3	Tage
Kalkutta – Hongkong (China) per Schiff	13	Tage
Hongkong – Yokohama (Japan) per Schiff	6	Tage
Yokohama – San Francisco per Schiff	22	Tage
San Francisco – New York per Bahn	7	Tage
New York – London per Schiff und Bahn	9	Tage
Insgesamt:	80	Tage

»Ja, achtzig Tage«, rief Andrew Stuart. »Aber was ist mit schlechtem Wetter, ungünstigem Wind, Schiffbruch, Entgleisungen und so weiter?«

»Alles einkalkuliert«, sagte Phileas Fogg.

»Und wenn die Hindus oder die Indianer die Schienen herausreißen, die Züge überfallen, die Reisenden skalpieren?«

»Alles einkalkuliert.«

»Theoretisch haben Sie ja Recht, Herr Fogg, aber in der Praxis …«

»Auch in der Praxis, Herr Stuart.«

»Das würde ich gerne sehen.«

»Das hängt nur von Ihnen ab. Fahren wir gemeinsam.«

»Um Himmels willen! Aber ich wette viertausend Pfund, dass eine solche Reise unmöglich ist.«

»Im Gegenteil. Die ist sehr gut möglich«, entgegnete Herr Fogg.

»Dann machen Sie sie.«

»Eine Reise um die Welt in achtzig Tagen?«

»Ja.«

»Mit Vergnügen.«

»Wann?«

»Sofort.«

»Aber das ist heller Wahnsinn! Spielen wir lieber Karten.«

»Dann geben Sie bitte noch einmal«, sagte Herr Fogg, »Sie haben nämlich vergeben.«

Gedankenverloren nahm Herr Stuart die Karten auf und legte sie wieder hin. »Gut, Herr Fogg«, sagte er. »Ich wette viertausend Pfund.«

»Mein lieber Stuart«, sagte Fallentin. »Beruhigen Sie sich. Das ist doch nicht ernst gemeint.«

»Wenn ich sage, ich wette, dann ist das immer ernst gemeint.«

»Gut«, sagte Herr Fogg. »Ich habe zwanzigtausend Pfund bei den Gebrüdern Baring deponiert. Die setze ich gerne …«

»Zwanzigtausend Pfund«, rief John Sullivan. »Zwanzigtausend Pfund, die Sie durch einen unvorhergesehenen Aufenthalt verlieren könnten!«

»Das Unvorhergesehene gibt es nicht«, entgegnete Phileas Fogg ruhig.

»Aber Herr Fogg, diese achtzig Tage sind das Minimum!«

»Ein klug genutztes Minimum reicht aus.«

»Aber um es nicht zu überschreiten, muss man doch mit mathematischer Genauigkeit von der Eisenbahn auf die Dampfer und von den Dampfern wieder auf die Bahn springen.«

»So ist es.«

»Sie scherzen!«

»Ein guter Engländer«, entgegnete Phileas Fogg, »scherzt niemals, wenn es sich um etwas so Ernstes wie eine Wette handelt. Ich wette zwanzigtausend Pfund, dass ich die Reise um die Welt in achtzig Tagen oder weniger machen werde, also in eintausendneunhundertzwanzig Stunden oder hundertfünfzehntausendzweihundert Minuten. Nehmen Sie die Wette an?«

»Wir nehmen an«, erwiderten die Herren Stuart, Fallentin, Sullivan, Flanagan und Ralph.

»In Ordnung«, sagte Herr Fogg. »Der Zug nach Dover fährt um acht Uhr fünfundvierzig. Den nehme ich.«

»Heute Abend?«

»Heute Abend.«

Herr Fogg zog einen Taschenkalender hervor und stellte fest, dass er am 21. Dezember um acht Uhr fünfundvierzig wieder im Reform-Klub sein müsse, um seine Wette zu gewinnen. Für den Fall, dass ihm dies nicht gelingen sollte, überreichte er den Herren einen Scheck über zwanzigtausend Pfund. Ein Protokoll wurde verfasst und alle sechs unterschrieben.

Phileas Fogg hatte nicht deshalb die Hälfte seines gesamten Vermögens eingesetzt, weil er gewinnen wollte. Sondern weil er wusste, dass er die andere Hälfte brauchen würde, um dieses schwierige, wenn nicht gar undurchführbare Projekt voranzutreiben. Im Gegensatz zu Herrn Fogg, der sehr kühl geblieben war, schienen die anderen gewisse Skrupel zu empfinden, die aber nichts mit der Höhe der Wette, sondern mit ihren Bedingungen zu tun hatten.

Es schlug sieben Uhr. Man bot Herrn Fogg an, die Whistpartie auszusetzen, damit er sich auf die Reise vorbereiten könne. »Ich bin immer vorbereitet«, sagte Herr Fogg und mischte die Karten.

Um sieben Uhr fünfundzwanzig, nachdem er bei diesem Spiel zwanzig Guineen gewonnen hatte, verabschiedete sich Herr Fogg von seinen ehrenwerten Partnern und langte um sieben Uhr fünfzig in seinem Haus ein. Jean Passepartout war völlig erstaunt, dass er schon jetzt erschien. Herr Fogg begab sich in sein Schlafgemach und rief: »Passepartout!« Aber der reagierte nicht. Er konnte unmöglich gemeint sein, es war ja die völlig falsche Zeit.

»Passepartout!,« wiederholte Herr Fogg. Diesmal folgte er dem Ruf. »Ich rufe Sie schon zum zweiten Mal.«

»Aber es ist noch nicht Mitternacht«, sagte Passepartout, die Taschenuhr in der Hand.

»Ich weiß und ich rüge Sie nicht. In zehn Minuten fahren wir nach Dover und Calais.«

Das runde Gesicht des Franzosen zeigte einen verdatterten Ausdruck. Er hatte wohl etwas missverstanden. »Der gnädige Herr denkt an einen Tapetenwechsel?«

»Ja. Wir machen eine Reise um die Welt.«

Passepartout sank in sich zusammen. Mit weit aufgerissenen Augen und hängenden Armen war er ein Bild der Fassungslosigkeit.

»Eine Reise um die Welt«, murmelte er.

»In achtzig Tagen«, sagte Herr Fogg. »Und wir haben keine Minute zu verlieren.«

»Aber die Schrankkoffer?«

»Keine Schrankkoffer. Nur eine Reisetasche. Für sich packen Sie zwei Wollhemden und drei Paar lange Strümpfe ein. Alles andere kaufen wir unterwegs. Holen Sie meinen Mackintosh (das ist ein Regenmantel) und meine Reisedecke. Nehmen Sie gute Schuhe mit. Wir werden übrigens nur wenig oder gar nicht laufen. Und nun vorwärts.«

Passepartout wollte etwas sagen, aber es gelang ihm nicht. Er ging in sein Zimmer und ließ sich auf einen Stuhl fallen. »Großartig«, sagte er. »Und das mir, der nichts als Ruhe wollte.« Um acht Uhr hatte er die Reisetasche gepackt, zog die Tür seines Zimmers hinter sich zu und ging hinunter zu Herrn Fogg.

Herr Fogg war reisefertig. Er trug *Bradshaw's Continental Railway Steam Transit and General Guide,* also eine Art Kursbuch für Eisenbahn und Dampfschiff, unter dem Arm. Er nahm die Reisetasche, öffnete sie und stopfte ein dickes Bündel jener schönen Banknoten hinein, die damals auf der ganzen Welt ein beliebtes Zahlungsmittel waren.

»Haben Sie an alles gedacht?«

»Ja, gnädiger Herr.«

Herr Fogg reichte Passepartout die Reisetasche und bat ihn, gut darauf aufzupassen. »Es sind zwanzigtausend Pfund drin«, sagte Herr Fogg und Passepartout ließ vor Schreck beinahe die Tasche fallen.

Herr und Diener verließen das Haus, die Haustür wurde zweimal abgeschlossen. Am Ende der Straße befand sich ein Droschkenplatz. Sie bestiegen eine Kutsche, die sie rasch zum Bahnhof Charing Cross brachte, wo sie um acht Uhr zwanzig eintrafen. Passepartout sprang heraus, sein Herr tat es ihm gleich und bezahlte den Kutscher.

In dem Augenblick näherte sich eine barfüßige Bettlerin, ein Kind an der Hand, Herrn Fogg und bat ihn um ein Almosen.

»Nehmen Sie, gute Frau«, sagte er und gab ihr die zwanzig Guineen, die er beim Whist gewonnen hatte. »Ich bin froh, Ihnen begegnet zu sein.«

Damit ging er weiter und Passepartout traten die Tränen in die Augen. Sein Herr hatte sich einen Platz in seinem Herzen erobert.

Sie betraten die Bahnhofshalle und Herr Fogg schickte Passepartout, um zwei Fahrkarten erster Klasse nach Paris zu lösen. Dann drehte er sich um und gewahrte die fünf Herren aus dem Reform-Klub.

»Ich reise ab, meine Herren«, sagte er. »Und ich werde überall meinen Pass stempeln lassen, damit Sie bei meiner Rückkehr meinen Reiseweg kontrollieren können.«

»Aber Herr Fogg«, meinte Walter Ralph höflich. »Das ist wirklich nicht nötig. Schließlich wissen wir, dass Sie ein Gentleman sind.«

Um acht Uhr vierzig nahmen Phileas Fogg und sein Diener im selben Abteil Platz. Um acht Uhr fünfundvierzig setzte sich der Zug in Bewegung. Die Nacht war sehr dunkel und es regnete leicht. Phileas Fogg lehnte sich in seine Ecke und schwieg. Passepartout, noch immer völlig verdattert, drückte mechanisch die Reisetasche mit den Banknoten an sich. Plötzlich stieß er einen Schrei aus.

»Was gibt's?«

»Es ist … weil … in der ganzen Aufregung habe ich vergessen, in meinem Zimmer das Gas abzudrehen.«

»Nun, mein Guter, dann brennen Licht und Heizung auf Ihre Kosten«, sagte Herr Fogg kühl.

2

Als er London verließ, ahnte Phileas Fogg zweifellos nichts von dem großen Aufsehen, das seine Abreise erregen würde. Wie ein Lauffeuer verbreitete sich die Nachricht von dieser ungewöhnlichen Wette zunächst im Reform-Klub und sorgte dort für höchste Aufregung unter den Mitgliedern. Dann nahmen sich Reporter des Themas an, sämtliche Londoner Tageszeitungen berichteten darüber und schließlich alle Zeitungen im ganzen Land. Es wurde ebenso heftig diskutiert wie kurz zuvor die sogenannte Alabamafrage, bei der es um einen völkerrechtlichen Streit zwischen England und den USA gegangen war. Die einen ergriffen Partei für Phileas Fogg, die anderen – und sie bildeten schon bald die Mehrheit – sprachen sich gegen ihn aus. In dieser kurzen Zeit mit den gängigen Verkehrsmitteln um die ganze Erde reisen zu wollen, schien nicht nur unmöglich zu sein, es war schlicht wahnsinnig. Die *Times*, der *Standard*, der *Evening Star*, der *Morning Chronicle* und zwanzig weitere große Tageszeitungen sprachen sich gegen Herrn Fogg aus. Lediglich der *Daily Telegraph* unterstützte ihn in gewisser Weise. Man hielt ihn ganz allgemein für närrisch und machte es den Herren aus dem Reform-Klub zum Vorwurf, diese Wette überhaupt eingegangen zu sein, die doch eindeutig auf gewisse geistige Schwächen ihres Urhebers hinweise.

Wir kennen das Interesse, das in England allem entgegengebracht wird, was mit Geografie zu tun hat. Und so gab es keinen Leser und keine Leserin, ganz gleich aus welcher Schicht sie kamen, die die Artikel über Phileas Fogg nicht verschlungen hätten. Nachdem in den *Illustrated London News* sein Bild erschienen war, hatte er besonders die Damen auf seiner Seite, und einige Herren im Klub meinten sogar, warum die Sache eigentlich keinen Erfolg haben sollte, schließlich habe man schon ganz andere Dinge erlebt.

Am 7. Oktober erschien dann ein langer Bericht im Mitteilungsblatt der Königlich Geographischen Gesellschaft. Darin wurde die Frage von allen Seiten beleuchtet, wobei man zu dem Ergebnis kam, dass das gesamte Unterfangen völlig wahnsinnig und undurchführbar sei. Der Reisende, nämlich Herr Fogg, so hieß es, habe vom möglichen menschlichen Versagen bis zur unberechenbaren Natur alles gegen sich. Zudem bedürfe es schon eines Wunders an Übereinstimmung zwischen Ankünften und Abreisen, wenn das Vorhaben gelingen solle. Und eine solche Übereinstimmung könne es nicht geben. In Europa sei das noch etwas anderes. Da waren die Strecken nicht so lang und die Züge würden noch pünktlich eintreffen können. Aber in Indien, wo die Eisenbahn drei Tage, und in Amerika, wo sie sieben Tage brauchte, um den Kontinent zu durchqueren? Was war dort mit möglichen Maschinenschäden, Entgleisungen, Zusammenstößen, was war mit dem Wetter? Sprach nicht alles gegen Phileas Fogg? Schließlich war Winter, und es kam gar nicht so selten vor, dass selbst die schnellsten Ozeandampfer wegen Nebel oder Stürmen einige Tage Verspätung hatten. Schon eine einzige Verspätung würde genügen, um die Transportkette abreißen zu lassen. Wenn Phileas Fogg einen Dampfer versäumte, und sei es nur um wenige Stunden, müsste er auf den nächsten warten. Und damit wäre seine gesamte Reise gescheitert.

Der Artikel löste ein großes Echo aus und Herrn Foggs Kurs fiel. In den ersten Tagen nach seiner Abreise waren nämlich große Wetten auf das »Risiko« seines Unternehmens abgeschlossen worden. Wie man weiß, gehört das Wetten in England zum guten Ton und genießt ein wesentlich höheres Ansehen als das Spielen. Das Wetten ist einfach britische Art. Und kaum hatten die Mitglieder des Reform-Klubs recht erhebliche Summen auf den Erfolg oder Misserfolg von Phileas Fogg gesetzt, als es ihnen die Öffentlichkeit schon nachtat. Man setzte auf ihn wie auf ein Rennpferd, er wurde sogar an der Londoner Börse gehandelt. Man kaufte und verkaufte die Aktie »Phileas Fogg«, große Geschäfte wurden getätigt. Doch fünf Tage nach seiner Abreise, als der Artikel der Geographischen Gesellschaft erschienen war, sank die Aktie ins Bodenlose und wurde in Bündeln auf den Markt geworfen. Nur ein Getreuer blieb ihm. Das war der alte, gelähmte Lord Albemarle. Er hätte sein ganzes Vermögen dafür gegeben, eine Reise um die Welt machen zu können! Er setzte fünftausend Pfund auf Phileas Fogg und meinte: »Wenn die Sache machbar ist, dann ist es gut, wenn ein Engländer der Erste war, der sie gemacht hat.«

Doch dann geschah etwas, das den Aktienhandel völlig

zum Erliegen brachte. Am siebten Tag nach Herrn Foggs Abreise, abends um neun Uhr, erhielt der Londoner Polizeipräsident ein Telegramm mit folgendem Wortlaut:

Suez-London

An Rowan, Polizeipräsident, Scotland Yard

Verfolge Bankdieb Phileas Fogg. Stop. Erwarte dringlichst Haftbefehl in Bombay (Britisch Indien).

Fix, Kriminalinspektor

Die Wirkung dieser Depesche war ungeheuerlich. An die Stelle des ehrenwerten Gentleman trat augenblicklich die Vorstellung vom Bankräuber. Sein Foto, das Herr Fogg wie alle anderen Mitglieder dem Reform-Klub überlassen hatte, wurde studiert. Seine Gesichtszüge stimmten genau mit der Personenbeschreibung des Verbrechers überein. Plötzlich fiel jedem wieder ein, wie rätselhaft Phileas Fogg eigentlich war und wie sehr er sich stets von allem ferngehalten hatte. Und dann diese überstürzte Abreise, die ja kein anderes Ziel haben konnte als die Irreführung der englischen Polizei.

Und wie hatte es nun dazu kommen können, dass dieses Telegramm abgeschickt worden war?

Am Mittwoch, dem 9. Oktober, elf Uhr morgens, wartete man in Suez auf das Eintreffen des Schraubendampfers *Mongolia,* Passagier- und Postschiff der Ostindischen Handelskompanie, der regelmäßig von Brindisi die Route über den Suezkanal nach Bombay fuhr. Die *Mongolia* hatte 2800 Tonnen, fuhr mit fünfhundert PS und gehörte zu den schnellsten Schiffen der Kompanie, das seine vorgeschriebene Fahrtzeit stets unterschritt.

Inmitten einer Menge aus Einheimischen und Ausländern, die diese Stadt bevölkern, die noch bis vor Kurzem ein winziger Marktflecken war und der das Werk Ferdinand von Lesseps', der den Suezkanal erbaute, eine große Zukunft verspricht, gingen zwei Männer am Kai auf und ab. Einer der beiden war der Konsul des britischen Königreichs, der in Suez trotz aller unerfreulichen Prognosen seiner Regierung und anderer pessimistischer Voraussagen jeden Tag englische Schiffe über diese Wasserstraße fahren sah, die den Seeweg von England nach Indien halbiert hatte, weil die Schiffe jetzt nicht mehr um das gefährliche Kap der Guten Hoffnung in Südafrika herumfahren mussten.

Der andere Mann war klein und dünn, hatte ein intelligentes Gesicht, wirkte nervös und runzelte mit bemerkenswerter Ausdauer die Stirn, wobei er es gleichzeitig verstand, seinem flinken, beobachtenden Blick die Schärfe zu nehmen. Unruhig rannte er hin und her.

Dieser Mann hieß Fix. Er war einer der englischen Kriminalbeamten, die man nach dem Bankraub in alle wichtigen Häfen der Welt geschickt hatte, um den Räuber zu fangen. Vor genau zwei Tagen hatte er die Personenbeschreibung des mutmaßlichen Bankräubers erhalten, der als vornehm, höflich, gut aussehend und elegant geschildert wurde. Und nun wartete Herr Fix, zweifellos von der hohen Belohnung beflügelt, die für die Ergreifung des Diebes winkte, ungeduldig auf die Ankunft der *Mongolia*, um deren Passagiere genauestens zu inspizieren. Gerade fragte er den Konsul wohl zum zehnten Mal, ob er sicher sei, dass das Schiff auch keine Verspätung haben würde.

»Natürlich nicht«, sagte dieser. »Gestern war es in der Höhe von Port Said und die 160 Kilometer des Kanals zählen bei einem solch schnellen Schiff nicht. Ich sage Ihnen noch einmal, die *Mongolia* hat stets die Prämie von fünfundzwanzig Pfund eingeheimst, die die Regierung für jede Verringerung der regulären Fahrzeit von achtzig Stunden zahlt.«

»Und sie kommt direkt aus Brindisi?«

»Direkt aus Brindisi, da hat sie die Sendungen für Indien an Bord genommen. Samstagnachmittag um fünf hat sie dort abgelegt, also gedulden Sie sich, sie wird schon keine Verspätung haben. Mir ist allerdings schleierhaft, wie Sie bei der Personenbeschreibung, die Ihnen vorliegt, Ihren Mann erkennen wollen, falls er sich an Bord der *Mongolia* befindet.«

»Herr Konsul, solche Leute spürt man eher, als dass man sie erkennt. Dafür braucht man ein gutes Gespür. Das ist wie ein sechster Sinn, mit dem man gleichzeitig hören, sehen und riechen kann.« Der Konsul wünschte ihm viel Erfolg, denn schließlich ging es um einen nicht unbedeutenden Bankraub.

»Ein fantastischer Bankraub!«, begeisterte sich Herr Fix. »So etwas haben wir nicht alle Tage! Die Diebe werden immer armseliger. Heutzutage müssen wir die Leute oft schon wegen einer Handvoll Münzen verhaften.«

»Viel Glück, Herr Fix«, sagte der Konsul. »Aber ich möchte Sie noch einmal darauf hinweisen, dass es bei der Beschreibung, die Sie haben, nicht leicht sein dürfte, Ihren Dieb zu finden. Denn der scheint ja ganz und gar wie ein ehrlicher Mann auszusehen.«

»Herr Konsul«, belehrte ihn der Kriminalbeamte, »die großen Diebe sehen immer wie ehrliche Leute aus. Ein Spitzbube, müssen Sie wissen, hat nur eine Möglichkeit, seiner Verhaftung zu entgehen. Er muss sich den Anschein der Rechtschaffenheit geben. Deshalb haben wir auch die vermeintlich Ehrlichen am schärfsten im Visier. Eine schwierige Aufgabe, zugegeben, und eigentlich auch eher eine Kunst.«

Herrn Fix, wie man sieht, mangelte es nicht an einer gesunden Portion Selbstbewusstsein.

Unterdessen wurde es am Kai immer belebter. Seeleute vieler Länder, Kaufleute, Lastenträger und Bauern strömten herbei. Es war schönes, wenn auch kühles Wetter. Über der Stadt zeichneten sich im bleichen Sonnenlicht die Minarette ab. Gegen Süden erstreckte sich eine zweitausend Meter lange Mole wie ein Arm über die Reede, den Ankerplatz von Suez. Auf dem Roten Meer schaukelten Fischkutter und Lotsenboote.

»Aber wo bleibt denn dieses Schiff?«, rief Herr Fix, als er die Hafenuhr halb zehn schlagen hörte.

»Es kann nicht mehr weit sein«, beruhigte ihn der Konsul.

»Wie lange liegt es in Suez vor Anker?«

»Vier Stunden. Um Kohle zu laden. Von Suez bis Aden, am anderen Ende des Roten Meeres, sind es rund dreizehnhundert Meilen, da braucht es schon einiges an Brennmaterial, um die Maschinen am Laufen zu halten.«

»Aber es ist auf dem direkten Weg nach Bombay?«

»Ja.«

Nun gut, meinte Fix. Falls nämlich der Dieb diesen

Dampfer genommen hatte, dann müsste er in Suez von Bord gehen, wenn er nach Asien in eine französische oder holländische Kolonie fliehen wollte. Denn in Britisch-Indien wäre er nicht sicher, und das müsste er wissen. Der Konsul hielt ihm entgegen, dass ein wahrer englischer Verbrecher sich in London sehr viel besser verbergen könne als irgendwo sonst auf der Welt. Das brachte Herrn Fix zum Nachdenken und der Herr Konsul ging in sein Büro zurück.

Kurz darauf kündigten laute Pfiffe von der Ankunft des Dampfers. Scharen von Trägern und Bauern stürzten zum Kai, sprangen in ein Dutzend Kähne, stießen vom Ufer ab und ruderten auf die *Mongolia* zu, deren riesiger Rumpf jetzt auf dem Kanal in Sicht kam. Mit lautem Zischen stießen die Schlote den Dampf aus, und als es elf Uhr schlug, legte das Schiff an. Man sah viele Passagiere, von denen einige an Deck blieben und das malerische Panorama der Stadt bewunderten. Die meisten jedoch stiegen in die Kähne, um sich an Land bringen zu lassen.

Fix betrachtete jeden Passagier, der an Land stieg, sehr genau.

In diesem Augenblick kam einer von ihnen, nachdem er die Bauern abgewehrt hatte, die ihm ihre Dienste anbieten wollten, auf ihn zu und fragte höflich, ob er wisse, wo das englische Konsulat sei. Gleichzeitig zeigte er ihm einen Pass, den er offensichtlich stempeln lassen wollte. Instinktiv ergriff Fix den Pass und warf einen Blick darauf. Was dort stand, stimmte genau mit der Personenbeschreibung überein, die ihm vorlag.

»Das ist wohl nicht Ihr Pass?«, fragte er den Passagier.

»Nein«, antwortete dieser. »Das ist der Pass meines Herrn.«

»Und wo ist Ihr Herr?«

»An Bord geblieben.«

»Aber es ist Vorschrift, dass er persönlich im Konsulat erscheint.«

»Wirklich?«

»Absolut.«

»Und wo ist das Konsulat?«

Herr Fix wies auf ein Gebäude, das ungefähr zweihundert Schritt entfernt war.

»Nun gut, dann werde ich meinen Herrn holen, dem das allerdings keine Freude bereiten wird.« Der Passagier grüßte, drehte sich um und begab sich zurück an Bord.

Der Inspektor eilte ins Konsulat und drängte darauf, sofort mit dem offiziellen Vertreter sprechen zu können. »Herr Konsul«, platzte er heraus, »ich habe guten Grund zu der Annahme, dass unser Mann an Bord der *Mongolia* ist.« Und dann berichtete er, was sich ereignet hatte.

»Gut, Herr Fix«, antwortete der Konsul. »Ich hätte nichts dagegen, diesem Gauner zu begegnen. Aber vielleicht lässt er sich gar nicht in meinem Büro blicken, wenn er der ist, für den Sie ihn halten. Ein Dieb will ja keine Spuren hinterlassen, und es ist nicht mehr vorgeschrieben, dass die Pässe gestempelt werden müssen.«

»Wenn wir es wirklich mit einem großen Gauner zu tun haben«, versetzte Herr Fix, »dann wird er kommen.«

»Um seinen Pass stempeln zu lassen?«

»Ja. Für rechtschaffene Leute sind Pässe nur etwas Lästiges, aber sie begünstigen stets die Flucht eines Ganoven. Ich bin sicher, dass der Pass in Ordnung sein wird, allerdings hoffe ich, dass Sie den Stempel verweigern …«

»Und warum? Wenn der Pass in Ordnung ist, habe ich gar kein Recht dazu.«

»Ich muss den Mann aber hier behalten, bis der Haftbefehl aus London eintrifft.«

»Nun«, sagte der Konsul. »Das ist Ihr Problem, Herr Fix. Ich für meinen Teil …« Er brach ab, weil es an der Tür geklopft hatte und der Bürodiener zwei Fremde hereinführte, von denen einer genau jener Diener war, der vorher mit dem Kriminalbeamten gesprochen hatte. Und der andere war sein Herr. Der zeigte dem Konsul seinen Pass und bat um einen Stempel. Der Konsul nahm den Pass und prüfte ihn sorgfältig, während Fix aus einer Ecke des Büros heraus den Fremden mit Blicken fast verschlang.

»Sie sind Herr Phileas Fogg?«, fragte der Konsul.

»Ja«.

»Und dieser Mann ist Ihr Diener?«

»Ja. Ein Franzose namens Passepartout.«

»Sie kommen aus London?«

»Ja.«

»Und wohin soll die Reise gehen?«

»Nach Bombay.«

»Gut. Sie wissen, dass das Stempeln des Passes eigentlich nutzlos und nicht mehr vorgeschrieben ist?«

»Das ist mir bekannt«, sagte Herr Fogg. »Trotzdem wünsche ich durch diesen Stempel meine Reise nach Suez bestätigt zu bekommen.«

»Meinetwegen.«

Der Konsul erledigte die Formalität, Herr Fogg prüfte den Stempel, verbeugte sich knapp und verließ, gefolgt von seinem Diener, das Konsulat.

»Und?«, fragte Herr Fix.

»Was heißt hier und«, meinte der Konsul. »Auf mich macht er den Eindruck eines absoluten Ehrenmannes.«

»Darum geht es nicht. Finden Sie nicht, dass dieser gelassene Herr Punkt für Punkt der Beschreibung entspricht?«

»Das schon, aber wie Sie wissen, sind Beschreibungen ...«

»Ich muss Klarheit haben«, sagte Herr Fix. »Der Diener scheint mir zugänglicher zu sein als sein Herr. Außerdem ist er Franzose und wird seine Zunge kaum im Zaum halten können. Bis bald, Herr Konsul.« Und damit machte er sich auf die Suche nach Passepartout.

Inzwischen war Herr Fogg wieder am Kai angekommen. Er erteilte seinem Diener einige Anweisungen, stieg in einen Kahn, ließ sich an Bord zurückrudern und begab sich in seine Kabine. Dort nahm er ein Büchlein hervor, das folgende Eintragungen enthielt:

London: Abreise Mittwoch, 2. Oktober, 8 Uhr 45 abends.

Paris: Ankunft Donnerstag, 3. Oktober, 7 Uhr 20 morgens.

Paris: Abreise Donnerstag, 8 Uhr 40 morgens.

Turin: Ankunft durch den Mont-Cenis Freitag, 4. Oktober, 6 Uhr 35 morgens.

Turin: Abreise Freitag, 7 Uhr 20 morgens.

Brindisi: Ankunft Samstag, 5. Oktober, 4 Uhr nachmittags. Einschiffung *Mongolia*, Samstag, 5 Uhr nachmittags.

Suez: Ankunft Mittwoch, 9. Oktober, 11 Uhr vormittags.

Benötigte Zeit insgesamt: 158 ½ Stunden oder 6 ½Tage.

Diese Daten hatte Herr Fogg in ein Reisetagebuch mit mehreren Spalten eingetragen. Aus diesen Spalten konnte man vom 2. Oktober bis zum 21. Dezember den Monat, den jeweiligen Tag, die fahrplanmäßige und die tatsächliche Ankunftszeit für die großen Stationen Paris, Brindisi, Suez, Bombay, Kalkutta, Singapur, Hongkong, Yokohama, San Francisco, New York, Liverpool und London ablesen. Außerdem ließ sich daraus errechnen, ob und wo er Zeit gewonnen oder verloren hatte. Jetzt trug er seine Ankunft in Suez ein. Es war Mittwoch, der 9. Oktober, und er hatte bisher weder Zeit gewonnen noch verloren.

Er ließ sich das Mittagessen in seine Kabine servieren. Was eine Stadtbesichtigung betraf, so gehörte er zu jenen Briten, die dergleichen von ihren Dienern erledigen lassen.

Fix hatte Passepartout nach wenigen Schritten eingeholt. »Nun, mein Freund«, sagte er, »ist jetzt mit dem Pass alles geregelt?«

»Ach, Sie sind's. Ja, alles geregelt.«

»Sie schauen sich ein bisschen das Land an?«

»Ja, aber wir reisen so geschwind, dass es mir wie im Traum vorkommt. Wir sind also in Suez?«

»In Suez.«

»In Ägypten?«

»In Ägypten.«

»Und in Afrika?«

»In Afrika.«

»In Afrika!«, wiederholte Passepartout. »Ich kann es nicht glauben. Und ich dachte, es würde nicht weiter als bis nach Paris gehen. Und dann habe ich die berühmte Stadt von sieben Uhr zwanzig bis acht Uhr vierzig wiedergesehen. Aus dem Fenster einer Droschke heraus, zwischen dem Nordbahnhof und dem Lyoner Bahnhof. Bei strömendem Regen.«

»Sie sind also sehr in Eile?«

»Ich nicht. Aber mein Herr. Und ich muss jetzt Socken und Hemden kaufen, weil wir fast nichts mitgenommen haben.«

»Ich führe Sie zu einem Bazar, wo Sie alles finden werden.«

»Sie sind zu liebenswürdig!«, sagte Passepartout und schwatzte weiter. Er dürfe auf keinen Fall das Schiff versäumen. Herr Fix beruhigte ihn. Es sei schließlich erst Mittag.

»Mittag? Es ist neun Uhr zweiundfünfzig.«

»Ihre Uhr geht nach.«

»Niemals! Sie stammt von meinem Urgroßvater. Sie ist ein Prachtstück, das keine fünf Minuten im Jahr nachgeht.«

»Aha«, sagte Fix. »Jetzt verstehe ich. Sie haben ja immer noch Londoner Zeit. Sie müssen doch in jedem Land Ihre Uhr umstellen, immer mittags beim Höchststand der Sonne«, erklärte er.

»Ich soll meine Uhr umstellen? Auf keinen Fall!«

»Dann wird sie nicht mit der Sonne übereinstimmen.«

»Dann hat die Sonne Pech gehabt.«

Sie gingen weiter und nach einigen Minuten fragte Fix: »Sie haben also London Hals über Kopf verlassen?«

»Ja«, bestätigte Passepartout und berichtete ihm von ihrer Abreise am letzten Mittwoch. Wo denn sein Herr überhaupt hinwolle?

»Immer geradeaus. Um die Welt.«

»Eine Reise um die Welt?«, rief Fix.

»In achtzig Tagen. Angeblich eine Wette. Unter uns gesagt, glaube ich das aber nicht so recht.«

»Er ist wohl ein Original, der Herr Fogg?«

»Kann man wohl sagen.«

»Und reich?«

»Anscheinend. Er schleppt eine hübsche Summe mit sich herum, alles neue Banknoten. Und sparen tut er auch nicht. Dem Kapitän der *Mongolia* hat er eine hohe Belohnung versprochen, wenn wir früher als geplant in Bombay eintreffen.«

»Sie kennen Ihren Herrn schon lange?«

»Ich? Ich habe meinen Dienst erst am Tag der Abreise angetreten.«

Man kann sich vorstellen, welche Wirkung diese Informationen auf das ohnehin schon überreizte Hirn des Inspektors haben mussten. Er brachte den Franzosen dazu, unablässig weiterzureden und kam schließlich zu der Überzeugung, dass dieser von seinem Herrn wirklich nichts wusste. Und dass Phileas Fogg tatsächlich nach Bombay wollte.

»Ist Bombay weit?«

»Ziemlich weit. Ungefähr noch zehn Tage auf See.«

»Und wo liegt es?«

»In Indien.«

»In Asien?«

»Selbstverständlich.«

Sie waren am Bazar angekommen, wo Passepartout seine Einkäufe vornahm und Fix sich verabschiedete, um sofort ins Konsulat zurückzueilen. Er war überzeugt, seinen Mann gefunden zu haben. »Herr Konsul«, sagte er. »Ich habe ihn. Er gibt sich für einen Exzentriker aus, der in achtzig Tagen um die Welt reisen will.«

»Also ist er ein Schelm, der damit rechnet, nach London zurückzukehren, nachdem er die Polizei zweier Kontinente an der Nase herumgeführt hat? Irren Sie sich auch nicht?«

»Nein.«

»Weshalb wollte dieser Dieb dann in Suez unbedingt seinen Pass stempeln lassen?«

Das wisse er auch nicht, erwiderte Fix und erzählte dem Konsul, was er von Passepartout erfahren hatte. »Nun gut«, meinte der Konsul. »Es scheint wirklich alles gegen diesen Mann zu sprechen. Und was wollen Sie jetzt tun?«

»Nach London telegrafieren, dass man mir unverzüglich einen Haftbefehl nach Bombay schickt, mich auf der *Mongolia* einschiffen, meinem Dieb bis nach Indien folgen und ihn dort auf britischem Boden verhaften.«

Und damit begab sich Herr Fix zum Telegrafenamt. Eine Viertelstunde später war er an Bord der *Mongolia,* die bald darauf das Rote Meer erreichte.

Die meisten Passagiere wollten nach Indien. Die einen nach Bombay, die anderen weiter nach Kalkutta, aber auch über Bombay. Denn seit es eine transkontinentale Eisenbahn gibt, kann man sich den Seeweg über Ceylon sparen.

Zu diesen Passagieren zählten diverse Beamte sowie Offiziere aller Ränge, die, wie man weiß, samt und sonders über hohe Gehälter verfügen. Auch einige junge englische Millionäre waren dabei, die sich im fernen Indien als Kaufleute niederlassen wollten. Die ganze Gesellschaft ließ es sich an Bord sehr gut gehen, wozu der Purser, also so etwas wie der Chefsteward, nach Kräften beitrug. Zum Frühstück, zum Lunch um zwei, zum Abendessen um halb sechs und zum Nachtmahl um acht Uhr bogen sich die Tische mit allen möglichen Speisen. Auch einige Damen befanden sich an Bord, und die erschienen zweimal täglich in neuer Toilette. Es wurde musiziert und sogar getanzt, wenn das Meer dies zuließ. Allerdings tat es das nicht allzu oft. Und wenn der Wind zu stark wehte und das Schiff heftig zu schlingern begann, dann verstummte das Piano und die Damen flohen in ihre Kabinen. Doch die *Mongolia* stampfte unbeirrt weiter mit voller Kraft voraus durch die Wellen der Meerenge von Bab el-Mandeb zu.

Was tat nun Phileas Fogg in dieser ganzen Zeit? Man hätte annehmen können, dass er sich in erster Linie für die Fahrtgeschwindigkeit des Schiffes und die Unversehrtheit der Maschinen interessiert hätte. Doch so war es nicht. Denn in erster Linie nahm er seine vier Mahlzeiten am Tag ein. Und dann spielte er Whist. Ja, er hatte Partner gefunden, die diesem Spiel ebenso leidenschaftlich frönten wie er: einen Finanzbeamten auf dem Weg nach Goa, einen Minister, einen Geistlichen, der nach Bombay zurückkehrte, und einen Brigadegeneral, der wieder zu seiner Truppe nach Benares musste.

Passepartout, den die Seekrankheit verschont hatte, bewohnte eine Kabine im Vorderdeck. Auch er erfreute sich der vier Mahlzeiten am Tag sowie überhaupt der ganzen Reise. Das Essen war gut, die Unterkunft war angenehm, er sah fremde Länder und redete sich überzeugend ein, dass diese seltsame Anwandlung in Bombay ihr Ende finden würde.

Am Morgen des 10. Oktober traf er an Deck zu seiner Freude auf jenen Herrn, der ihm in Suez den Weg zum Konsulat und zum Bazar gewiesen hatte. Die beiden Männer machten sich namentlich bekannt.

»Herr Fix«, sagte Passepartout, »wie schön, Sie an Bord wiederzusehen. Wohin fahren Sie?«

»Nach Bombay, so wie Sie.«

»Um so besser. Haben Sie diese Reise schon öfter gemacht?«

»Mehrmals. Ich bin Vertreter der Ostindischen Handelskompanie.«

»Also kennen Sie Indien?«

»Ja … doch … «, sagte Fix, der sich auf keinen zu weit vorwagen wollte.

»Und ist es sehenswert?«

»Durchaus. Da gibt es Moscheen, Minarette, Tempel, Fakire, Pagoden, Tiger, Schlangen, Tempeltänzerinnen. Aber Sie haben doch hoffentlich Zeit, sich das Land anzusehen?«

»Das hoffe ich. Es ist nämlich nicht einzusehen, warum ein völlig normaler Mensch sein Leben damit zubringen sollte, von einer Eisenbahn in ein Schiff und von einem Schiff auf einen Zug zu springen, nur um in achtzig Tagen um die Welt zu kommen.«

»Und Herrn Fogg geht es gut?«, fragte Fix beiläufig. »Man sieht ihn nie an Deck.«

»Es geht ihm ausgezeichnet. Aber er geht niemals an Deck. Das interessiert ihn nicht.«

»Wissen Sie, Herr Passepartout, vielleicht ist diese Reise nur ein Vorwand? Vielleicht steckt eine geheime diplomatische Mission dahinter?«

»Meiner Treu, davon weiß ich nichts. Und es ist mir auch egal.«

Von nun an plauderten Passepartout und Herr Fix häufig miteinander. Fix lud den Diener an der Bar auf ein paar Gläser Whisky oder Ale ein, die dieser ohne Umstände annahm. Er fand Herrn Fix immer sympathischer und revanchierte sich seinerseits mit einigen Drinks.

Unterdessen dampfte das Schiff mit hoher Geschwindigkeit weiter und am 13. kam Mokka in Sicht, umgeben von zerfallenen Mauern, über denen sich grün leuchtende Dattelpalmen zeigten. In der Ferne dehnten sich riesige Kaffeefelder.

In der folgenden Nacht fuhr die *Mongolia* durch die

Meerenge von Bab el-Mandeb, was auf Arabisch so viel wie Tor der Wehklage bedeutet und sich auf die Klagen der Sklaven bezieht, die früher über diesen Weg nach Arabien verkauft wurden. Am 14. stoppte sie in Aden, um erneut Kohle zu laden.

Der Aufenthalt würde vier Stunden dauern, aber er war vorgesehen und somit in der regulären Fahrzeit inbegriffen. Außerdem war das Schiff schon am Abend des 14. Oktober statt am Vormittag des 15. in Aden eingetroffen und hatte demzufolge fünfzehn Stunden Vorsprung.

Herr Fogg und sein Diener begaben sich an Land, weil der Gentleman sich seinen Pass stempeln lassen wollte. Fix folgte ihnen unbemerkt. Nachdem diese Formalität erledigt war, ging Herr Fogg zurück an Bord und nahm sein Spiel wieder auf. Passepartout flanierte durch Aden und mischte sich unter die Somalis, die indischen Händler, die Parsen, Juden, Araber und Europäer, die diese Stadt bevölkerten, die damals fünfundzwanzigtausend Einwohner zählte. Er bewunderte die Festungsmauern, die aus Aden das Gibraltar des Indischen Ozeans machen, und die Zisternen, die König Salomon vor zweitausend Jahren errichten ließ und an denen jetzt englische Ingenieure arbeiteten.

»Hochinteressant«, sagte sich Passepartout, als er an Bord zurückkehrte. »Wirklich hochinteressant. Wenn man etwas Neues kennenlernen will, ist eine Reise durchaus nützlich.«

Um sechs Uhr abends warf die *Mongolia* die Schrauben an und durchpflügte bald darauf die Wellen des Indischen Ozeans. Laut Plan hatte sie die Strecke Aden – Bombay in hundertachtundsechzig Stunden zurückzulegen. Das Meer war gnädig gestimmt, der Wind blies aus Nordwest und zur Unterstützung der Dampfkraft wurden die Segel gesetzt. Das Schiff schlingerte nicht mehr so stark, die Damen, erneut in ihren eleganten Toiletten, verließen ihre Kabinen, Musik erklang und es wurde wieder getanzt.

Am 20. Oktober, gegen Mittag, wurde die indische Küste gesichtet. Zwei Stunden später kam der Lotse an Bord. Am Horizont sah man eine Hügelkette und bald darauf die Dattelpalmen, die in der ganzen Stadt wachsen. Um halb fünf, als das Schiff im Hafen von Bombay anlegte, beendete Phileas Fogg gerade seine dreiunddreißigste Partie Whist höchst erfolgreich mit einem wunderbaren Groß-Schlemm.

Die *Mongolia* hatte einen Vorsprung von zwei Tagen, was Herr Fogg gewissenhaft in der Gewinnspalte seines Reisetagebuchs vermerkte.

3

Jeder weiss, dass Indien – dieses riesige Dreieck, dessen Spitze nach Süden zeigt und dessen flacher Teil den Norden einnimmt – ein sehr großes Land ist, in dem zu jener Zeit, von der wir erzählen, einhundertachtzig Millionen Menschen leben. Die britische Kolonialregierung hat einen Generalgouverneur in Kalkutta, Gouverneure in Madras, in Bombay und in Bengalen sowie einen Gouverneurleutnant in Agra. Das heißt, rund die Hälfte des Landes wird nicht von Königin Viktoria regiert, sondern, vor allem in Zentralindien, also im Inneren des Subkontinents, herrschen die Maharadschas, das sind unabhängige und mächtige Fürsten.

Früher reiste man zu Fuß, zu Pferd, im Leiterwagen, in Sänften oder sogar auf Menschenrücken durchs Land. Heute befahren schnelle Flussdampfer den Indus und den Ganges, und es gibt eine Eisenbahn, die einen in nur drei Tagen von Bombay nach Kalkutta bringt.

Es war halb fünf Uhr nachmittags, als die Passagiere der *Mongolia* in Bombay an Land gingen. Der Zug nach Kalkutta ging um acht Uhr abends. Herr Fogg verabschiedete sich von seinen Partnern beim Whist, erteilte seinem Diener einige Aufträge und begab sich gemessenen Schrittes geradewegs zum Passamt. Er dachte nicht daran, sich die berühmten Sehenswürdigkeiten der Stadt anzuschauen. Weder das Rathaus noch die großartige Bibliothek. Keinen Baumwollmarkt und keinen Bazar. Keine Synagoge, keine armenische Kirche und auch nicht die prächtige Pagode auf dem Malebarhügel. Nein! Rein gar nichts.

Als er das Passamt verließ, ging er in aller Ruhe zum Bahnhof und ließ sich dort ein Abendessen servieren. Der Wirt glaubte, ihm ein köstliches Frikassee vom Wildkaninchen empfehlen zu müssen. Phileas Fogg akzeptierte die Empfehlung und kostete das Gericht sorgfältig. Trotz der scharf gewürzten Sauce schmeckte es furchtbar. Er rief den Wirt.

»Das ist also Wildkaninchen, sagen Sie?«

»Ja, Mylord. Frisch aus dem Dschungel.«

»Und es hat nicht miaut, als es erlegt wurde?«

»Miaut! Mylord! Ein Kaninchen. Ich schwöre …«

»Schwören Sie nicht, Herr Wirt«, sagte Phileas Fogg kühl, »sondern lassen Sie sich gesagt sein, dass die Katzen in Indien früher einmal heilig waren. Das war die gute alte Zeit.«

»Für die Katzen, Mylord?«

»Vielleicht auch für die Reisenden.«

Und mit dieser Bemerkung wandte Herr Fogg sich wieder seinem Essen zu.

Nur wenige Minuten nach ihm hatte auch Herr Fix die *Mongolia* verlassen und eilte zum Polizeidirektor von Bombay. Er wies sich aus, erzählte seine Geschichte und fragte, ob aus London ein Haftbefehl eingetroffen sei. Da das nicht der Fall war und es auch noch gar nicht sein konnte, weil der Haftbefehl ja erst nach Herrn Foggs Abreise abgeschickt worden war, geriet Herr Fix völlig außer Fassung. Er bat den Polizeidirektor, ihm einen Haftbefehl auf Herrn Fogg auszustellen, was dieser ablehnte, weil die Angelegenheit die Londoner Polizei betreffe und nicht ihn. Diese Prinzipientreue, dieses Vorgehen nach dem Buchstaben des Gesetzes erklärt sich aus der englischen Überzeugung, dass die Freiheit des Einzelnen nicht willkürlich beschränkt werden darf.

Fix wusste dies, war klug genug nicht darauf zu bestehen und beschloss zu warten, zumal er wie Passepartout glaubte, dass die ganze Reise hier in Bombay zu Ende wäre. Er würde Phileas Fogg also nicht aus den Augen lassen.

Passepartout hingegen war inzwischen schon eines Besseren belehrt worden und hatte begriffen, dass es mindestens bis Kalkutta noch auf die gleiche Weise weitergehen würde. Er hatte seine Einkäufe getätigt und schlenderte bis zur Abfahrt des Zuges durch die belebten Straßen der Stadt. Außer vielen Europäern aus allen Nationen sah er Perser mit spitzen Kopfbedeckungen, Panjabis mit runden Turbanen, Sindhs mit eckigen Kopfbedeckungen, Armenier in langen Gewändern und Parsen mit schwarzen Stirnbinden. Diese direkten Nachkommen der Anhänger Zarathustras sind gegenwärtig die sittenstrengsten, fleißigsten und geschäftlich erfolgreichsten Hindus von Bombay. An diesem Tag wurde eine Art religiöses Fest begangen mit feierlichen Umzügen und anderen Attraktionen, darunter Tempeltänzerinnen, in hauchdünne Gewänder gehüllt, die zu den Klängen der Violen und den Schlägen der Tamtams, die wie ein Gong klingen, ebenso wunderbar wie tugendhaft tanzten. Passepartout sperrte Augen, Mund und Ohren weit auf angesichts dieser seltsamen Rituale und machte ein bisschen den Eindruck eines Tölpels.

Unglücklicherweise trieb ihn aber dann seine Neugier weiter, als es für ihn und seinen Herrn gut war.

Er marschierte in Richtung Bahnhof, kam unterwegs an der berühmten Pagode vom Malebarhügel vorbei und hatte die unglückselige Idee, sie sich ansehen zu wollen. Allerdings wusste er nicht, dass Christen das Betreten bestimmter hinduistischer Pagoden offiziell verboten ist und dass selbst die Gläubigen sie nicht betreten dürfen, ohne sich vorher ihres Schuhwerks entledigt zu haben. Hier ist anzumerken, dass die britische Regierung die kluge Politik verfolgte, die Landesreligion nicht nur zu respektieren, sondern auch jeden Verstoß gegen ihre Vorschriften strengstens zu ahnden.

Passepartout, an nichts Böses denkend, trat also in die Pagode ein und bewunderte die brahmanischen Ornamente, als er plötzlich unsanft auf die geheiligten Steinplatten gestoßen wurde. Drei Priester stürzten sich zornig auf ihn, rissen ihm Schuhe und Strümpfe von den Füßen und prügelten auf ihn ein.

Rasch sprang der flinke und kräftige Franzose wieder auf. Mit der Faust und mit dem Fuß streckte er zwei seiner Widersacher, die durch ihre langen Gewänder behindert waren, zu Boden und rannte davon. Um fünf vor acht, ein paar Minuten vor Abfahrt des Zuges, kam Passepartout barfuß, ohne Hut und ohne Einkäufe, am Bahnhof an.

Am Gleis stand Inspektor Fix. Er war Herrn Fogg bis

zum Bahnhof gefolgt und hatte begriffen, dass der Gauner Bombay verlassen würde. Also würde er ihn bis Kalkutta und wenn nötig auch noch weiter verfolgen.

Passepartout hatte ihn nicht gesehen, aber der Inspektor hörte, wie er seinem Herrn atemlos und in kurzen Worten sein Abenteuer schilderte.

»Ich hoffe, dass so etwas nicht wieder vorkommt«, sagte Phileas Fogg und nahm im Zugabteil Platz. Sein armer Diener, kleinlaut und barfuß, folgte ihm, ohne ein weiteres Wort zu sagen.

Fix wollte eben in ein anderes Abteil gehen, als ihn ein Einfall zurückhielt. Aber nein, dachte er sich. Ich bleibe hier. Wir haben ja eine auf indischem Boden verübte Straftat. Jetzt kriege ich die nötigen Papiere und damit meinen Mann. Rasch stieg er wieder aus. In diesem Augenblick pfiff die Lokomotive.

Der Zug fuhr pünktlich ab. Unter den Reisenden waren einige Offiziere, Beamte sowie Kaufleute, deren Opium- oder Indigo-Handel sie nach Ostindien rief. Passepartout befand sich im gleichen Abteil wie sein Herr und in der gegenüberliegenden Ecke saß noch ein Herr. Das war Sir Francis Cromarty, Brigadegeneral und einer der Whistpartner Herrn Foggs während der Schiffsreise von Suez nach Bombay. Er war auf dem Weg zu seiner Truppe in Benares.

Sir Francis war groß, blond, ungefähr fünfzig Jahre alt, hatte sich in der Niederschlagung von Aufständen hervorgetan und konnte eigentlich als Einheimischer gelten, weil er seit seiner frühen Jugend in Indien lebte und sein

Geburtsland nur von kurzen Besuchen her kannte. Er war sehr gebildet und hätte sein profundes Wissen über Land und Leute gerne mit ihm geteilt, wenn Phileas Fogg ihn darum gebeten hätte. Doch der stellte keine einzige Frage. Schließlich befand er sich nicht auf einer Vergnügungsfahrt, sondern reiste um die Erde.

In diesem Moment überlegte er gerade, wie viel Zeit diese Reise ihn bisher gekostet hatte, und wenn ihm überflüssige Gesten nicht zuwider gewesen wären, hätte er sich vermutlich die Hände gerieben.

Sir Francis, dem das Exzentrische seines Gegenübers durchaus nicht entgangen war, fragte sich, ob unter dieser kalten Schale wirklich irgendwo ein Herz schlüge. Ob es eine Empfindsamkeit für die Schönheiten der Natur gäbe und ein Trachten nach sittlichen Werten. Von allen Originalen, die ihm bisher begegnet waren, nahm es keines mit diesem hier auf. Die Wette, von der ihm Phileas Fogg berichtet hatte, hielt der General für nichts weiter als eine überspannte Idee, die ganz offensichtlich weder für Phileas Fogg noch für sonst jemanden von Nutzen war.

Inzwischen war der Zug bereits seit einer Stunde unterwegs, hatte in Callyan die nach Südosten abzweigende Bahnlinie hinter sich gelassen und fuhr auf die Ghatsberge zu. Hin und wieder wechselten die beiden Herren ein paar Worte.

»Vor einigen Jahren, Herr Fogg, hätte es hier noch eine Unterbrechung der Fahrt gegeben, die Ihre Reisepläne vermutlich zunichte gemacht hätte«, sagte der General gerade.

»Und warum das, Sir Francis?«

»Weil der Zug früher am Fuß der Berge anhalten musste und man nur per Sänfte oder mit Ponys auf die andere Seite zur Bahnstation Kandallah kommen konnte.«

»Das hätte mein Programm in keiner Weise verändert«, entgegnete Phileas Fogg, »weil ich selbstverständlich auf gewisse unvorhergesehene Schwierigkeiten vorbereitet bin.«

»Aber durch das Abenteuer dieses Burschen da drüben haben Sie sich wahrscheinlich eine ziemlich üble Sache eingehandelt.«

Passepartout schlief und bekam nicht mit, dass von ihm die Rede war.

»Der englische Gouverneur«, fuhr der General fort, »geht zu Recht gegen solche Vergehen mit aller Härte vor, und wenn Ihr Diener gefasst worden wäre …«

»Dann wäre er gefasst und verurteilt worden, hätte seine Strafe abgesessen und wäre danach wieder ruhig nach Europa zurückgekehrt. Ich verstehe nicht, wieso diese Angelegenheit seinen Herrn in Verzug hätte bringen sollen!« Und damit war die Unterhaltung beendet.

Am nächsten Vormittag, als Passepartout erwachte, fuhr der Zug durch das relativ flache Gebiet von Kandesch. Er konnte nicht glauben, dass er wirklich mit dem Zug ganz Indien durchquerte. Die von einem englischen Lokführer gefahrene und mit englischer Kohle befeuerte Lokomotive dampfte an Baumwollplantagen vorbei, an Kaffeeplantagen, an riesigen Feldern mit Muskatnüssen, Gewürznelken und roten Pfeffersträuchern. Hinter Gruppen von Dattelpalmen erkannte man malerische *bånglas*, was soviel wie *Haus aus Bengalen* heißt, verlassene Viharas – so nennt man die Orte, an denen buddhistische

Mönche wohnen – und wundervolle Tempelbauten, die die unerschöpfliche Ornamentik der indischen Architektur zeigten. Und dahinter erstreckte sich der unermessliche Dschungel. Später durchquerte der Zug das Gebiet der blutdürstigen Göttin Kali, man erhaschte einen Blick auf Elura mit seinen Felsentempeln und auf Aurangabad, heute ein Provinznest und einst die Hauptstadt des Großmoguls Aurangseb. In dieser Gegend hatte die Raubmörderkaste der Thugs, die Anhänger der Göttin Kali waren, ihr Unwesen getrieben und trieb es zum Teil heute noch.

Um halb eins hielt der Zug in Burhampur, wo Passepartout endlich, wenn auch zu einem unglaublich hohen Preis, mit falschen Perlen bestickte Lederpantoffeln erstehen konnte, die er mit sichtlichem Stolz trug.

An dieser Stelle sollten wir uns mit einigen Gedanken beschäftigen, die ihm durch den Kopf gingen. Bis zu seiner Ankunft in Bombay hatte er geglaubt, dass die Reise dort zu Ende wäre. Aber jetzt, wo er mit Volldampf durch Indien brauste, hatte ein Umdenken bei ihm stattgefunden und seine ursprüngliche Natur drängte wieder hervor. Passepartout erinnerte sich seiner Jugendträume. Er nahm die Ideen seines Herrn ernst, er glaubte an dessen Wette und an diese Reise um die Welt, deren Zeitrahmen nicht überschritten werden durfte. Und er zitterte bei dem Gedanken daran, wie sehr er diesen Rahmen durch seine unverzeihliche Gafferei vom Vorabend hätte gefährden können. Da er weniger gelassen war als Herr Fogg, sorgte er sich auch mehr. Er machte seinem Herrn sogar heimlich Vorwürfe, weil dieser dem Lokomotivführer keine Belohnung versprochen hatte, falls sie früher ankämen als geplant. Dabei wusste er nicht, dass für einen Zug nicht das Gleiche gilt wie für ein Schiff. Bei der Eisenbahn sind die Geschwindigkeit und die Ankunftszeit nämlich vorgeschrieben.

Gegen Abend erreichten sie die Pässe des Satpuragebirges, das den Kandesch vom Bundelkhand trennt. Am nächsten Morgen, es war der 22. Oktober, fragte ihn der General nach der Uhrzeit. »Drei Uhr früh«, antwortete Passepartout. Das war natürlich westeuropäische Zeit oder auch Greenwich-Zeit. Benannt nach dem Londoner Vorort Greenwich, durch den der Nullmeridian geht. Meridiane, auch Längengrade oder Mittagslinien genannt, sind jene Linien auf der Erdkugel, die alle Orte verbinden, bei denen es gleichzeitig Mittag ist. Inzwischen war man aber schon um ungefähr 75 Längengrade weiter nach Osten gereist und Passepartouts berühmte Taschenuhr ging jetzt fünf Stunden nach. Sir Francis wollte ihn berichtigen und erklärte ihm, dass jeder Längengrad eine Zeitverschiebung von vier Minuten gegenüber dem Nullmeridian bedeute und er seine Uhr immer wieder nachstellen müsse. Aber wie schon bei Herrn Fix nutzte es auch diesmal nichts. Passepartout, ob er die Erklärung nun verstanden hatte oder nicht, beharrte darauf, seine Londoner Zeit beizubehalten. Dann, ungefähr fünfzehn Meilen vor Rothal, hielt der Zug plötzlich mitten auf einer großen Lichtung an, die von einigen *bånglas* und einfachen Hütten gesäumt wurde. Alles aussteigen, hieß es.

Phileas Fogg sah Sir Francis Cromarty an, der nicht zu begreifen schien, was dieser Aufenthalt inmitten eines Waldes aus Tamarinden- und Khayabäumen zu bedeuten haben sollte. Passepartout war aus dem Zug gesprungen und kam gerade zurück.

»Die Eisenbahn endet hier«, erklärte er.

»Was wollen Sie damit sagen?«, fragte Sir Francis.

»Dass der Zug nicht mehr weiterfährt.«

Der General stieg aus, Phileas Fogg folgte ihm. Auf ihre Fragen erklärte ihnen der Zugführer, dass zwischen hier und Allahabad noch rund fünfzig Meilen Schienen fehlten. Dies sei den Reisenden bekannt und sie wüssten auch, dass sie sich um den Transport nach Allahabad selbst zu kümmern hätten.

»Aber die Zeitungen haben doch berichtet, dass die gesamte Strecke jetzt befahrbar ist!«, rief der General erbost.

»Dann haben sie eben falsch berichtet.«

Passepartout, der den Zugführer, obwohl der natürlich nichts dafür konnte, am liebsten verprügelt hätte, wagte es nicht, seinen Herrn anzuschauen.

»Sir Francis«, sagte Phileas Fogg, »wenn es Ihnen recht ist, sollten wir uns jetzt um ein Transportmittel nach Allahabad bemühen.«

»Herr Fogg, bringt das alles nicht große Nachteile für Ihre Pläne?«, fragte der General.

»Nein, das war vorauszusehen.«

»Wie, Sie wussten, dass die Schienen …«

»Keineswegs. Ich wusste, dass früher oder später Schwierigkeiten auftreten würden. Ich habe zwei Tage Vorsprung. Am 25. fährt mittags ein Dampfer von Kalkutta nach Hongkong. Heute ist erst der 22. und wir werden rechtzeitig in Kalkutta sein.«

Nachdem den meisten Reisenden diese Unterbrechung bereits bekannt war, hatten sie sich sofort nach Verlassen des Zuges ein Transportmittel besorgt, so dass jetzt in dem ganzen Marktflecken kein einziges Gefährt mehr aufzutreiben war.

»Ich gehe zu Fuß«, sagte Phileas Fogg. Passepartout, der auf Entdeckungsreise gegangen war, betrachtete vielsagend seine ebenso prächtigen wie unzulänglichen Pantoffeln und meinte dann etwas zögernd: »Gnädiger Herr, ich glaube, ich habe etwas gefunden.«

»Und das wäre?«

»Einen Elefanten! Er gehört einem Inder, der wohnt keine hundert Schritt von hier.«

»Sehen wir ihn uns an«, sagte Herr Fogg und fünf Minuten später waren Phileas Fogg, Sir Francis Cromarty und Passepartout bei einer Hütte, die neben einer von einem hohen Holzzaun umgebenen Koppel stand. In der Hütte war ein Inder und auf der Koppel ein Elefant. Auf ihre Bitte führte der Inder sie zur Koppel. Kiouni, so hieß der Elefant, war wie alle seine Artgenossen fähig, lange Zeit schnell zu laufen, und in Ermangelung eines anderen Reittieres entschloss sich Phileas Fogg, ihn zu mieten. Aber in Indien sind die Elefanten, die immer seltener werden, sehr kostbar, besonders Bullen, die für Zirkuskämpfe abgerichtet werden und nur selten Nachwuchs zeugen. Herrn Foggs Bitte, das Tier zu mieten, wurde demgemäß kategorisch abgelehnt. Herr Fogg erhöhte sein Angebot, was wieder abgelehnt wurde. Daraufhin schlug er vor, das Tier für tausend Pfund zu kaufen. Der Elefant, so hieß es, sei unverkäuflich.

Sir Francis nahm Herrn Fogg auf die Seite und bat ihn, sich die Sache gut zu überlegen, bevor er sich auf einen weiteren Handel einließe. Fogg antwortete, dass er stets überlegt zu handeln pflege, dass es um eine Wette von zwanzigtausend Pfund ginge und dass er diesen Elefanten brauche, und wenn er seinen zwanzigfachen Wert bezahlen müsse.

Bei zweitausend Pfund erklärte der Inder sich schließlich einverstanden und der Handel wurde abgeschlossen. Jetzt ging es nur noch darum, einen geeigneten Führer zu finden. Ein junger, intelligent aussehender Parse bot seine Dienste an, Herr Fogg engagierte ihn und versprach ihm zudem noch eine hohe Belohnung.

Unverzüglich wurde das Tier herbeigeführt. Der Parse erwies sich als ein Mahut, so nennt man die Elefantenführer, der sein Handwerk verstand. Er warf Kiouni eine Art Satteldecke über den Rücken und hängte an jede Seite des Tieres einen unbequem aussehenden Tragekorb.

Phileas Fogg bezahlte den Elefantenbesitzer mit den Banknoten aus der berühmten Reisetasche, wobei man hätte meinen können, er entrisse sie Passepartouts Herz. Dann bot er dem General an, ihn nach Allahabad mitzunehmen, was dieser akzeptierte. Man besorgte Proviant, Sir Francis setzte sich in den einen und Phileas Fogg in den anderen Tragekorb. Passepartout nahm rittlings auf der Satteldecke Platz, der Parse auf dem Hals des Tieres und um neun Uhr verließ der Elefant den kleinen Marktflecken und drang auf schnellstem Wege in den dichten Palmenwald ein.

Um den Weg abzukürzen, ließ der Führer die Strecke der geplanten Bahnführung, die sich um die Berge wand, rechts liegen und schlug vor, nachdem er sich sehr gut auskannte, quer durch den Wald zu reiten und damit zwanzig Meilen Weg zu sparen. Die Reisenden waren einverstanden.

Phileas Fogg und Sir Francis Cromarty, die bis zum Hals in ihren Tragekörben steckten, wurden durch den plötzlichen Trab, in den der Elefant verfiel, arg durchgeschüttelt. Sie ertrugen das mit der sprichwörtlichen britischen Gelassenheit, und da sie sich ja fast nicht sehen konnten, sprachen sie auch fast nichts. Passepartout vollführte gezwungenermaßen kleine Luftsprünge auf dem Rücken des Tieres und sah aus wie ein Clown auf einem Trampolin. Einem Rat seines Herrn folgend hütete er sich davor, die Zunge zwischen die Zähne zu schieben, weil sie ihm sonst glatt abgeschnitten worden wäre. Aber er lachte und zog von Zeit zu Zeit ein Stückchen Zucker aus der Tasche, das der intelligente Kiouni mit der Rüsselspitze aufnahm.

Nach zwei Stunden hielten sie an und der Führer ließ den Elefanten eine Stunde rasten. Der General, völlig zerschlagen, war froh darüber. Phileas Fogg hingegen schien so ausgeruht zu sein, als ob er gerade aus seinem Bett aufgestanden wäre.

»Ein Mann mit einer eisernen Haltung«, rief Sir Francis bewundernd. »Die hat er«, bestätigte Passepartout, der gerade eine kleine Mahlzeit zubereitete.

Gegen Mittag gab der Führer das Signal zum Aufbruch. Die Gegend veränderte sich rasch. Auf die großen Wälder folgten niedere Gehölze aus Tamarinden und Zwergpalmen, dann wieder trockene, mit Gestrüpp bewachsene Ebenen, die von großen Granitblöcken gesäumt wurden. In diesen Teil des Bundelkhand verirrten sich Fremde nur selten. Die Bevölkerung galt als fanatisch und recht gefährlich. Einige Male sahen sie Hindus, die dem schnellen Elefanten mit seinem Quartett wütende Gesten hinterher schleuderten. Der Mahut versuchte, solche Begegnungen zu vermeiden. Außer ein paar Affen, über die Passepartout sich sehr amüsierte, waren tagsüber kaum Tiere zu sehen, und Passepartout machte sich Gedanken darüber, was nach ihrer Ankunft in Allahabad aus dem Elefanten werden würde.

Gegen acht Uhr abends hatten sie die Gebirgskette und eine gute Strecke des Weges hinter sich gebracht und machten vor einer verlassenen und halb verfallenen *bångla* halt. Es war kalt. Im Inneren des Hauses zündete der Parse aus trockenen Ästen ein angenehmes Feuer an. Die Reisenden, völlig erschöpft und gerädert, verzehrten ihre mitgebrachten Vorräte und bald darauf erstarb die ohnedies kümmerliche Unterhaltung in Schnarchlauten. Der Mahut wachte neben Kiouni, der stehend an einen großen Baumstamm gelehnt schlief.

Die Nacht verlief ruhig, nur ab und zu hörte man das gelegentliche Brüllen eines Geparden oder Panters oder das Kreischen der Affen.

Um sechs Uhr morgens machten sie sich wieder auf den Weg. Der Mahut hoffte, bis zum Abend die restlichen Meilen nach Allahabad zurückgelegt zu haben. Auf diese Weise würde Herr Fogg nur einen Teil seines Vorsprungs von zwei Tagen einbüßen.

Mittags kamen sie an einen Nebenfluss des Ganges, wobei der Parse darauf achtete, alle Ortschaften zu umgehen, weil er sich in unbewohntem Gebiet sicherer fühlte. Allahabad war noch ungefähr zwölf Meilen entfernt. Sie rasteten unter Bananenstauden und aßen die köstlichen, süßen und nahrhaften Früchte.

Um zwei Uhr bog der Mahut in den Schutz eines dichten Waldes ein, der sich einige Meilen hinzog. Die Reise war bisher ohne unangenehme Zwischenfälle verlaufen und man ging davon aus, abends am Ziel zu sein, als der Elefant plötzlich sichtlich unruhig wurde und abrupt stehen blieb.

Es war gerade vier Uhr.

»Was gibt's?«, fragte Sir Francis und streckte seinen Kopf aus dem Korb.

»Ich weiß es nicht, Herr Offizier«, entgegnete der angestrengt auf eine Art Gemurmel lauschende Parse. Wenige Augenblicke später wurde das Gemurmel deutlicher. Aus der Ferne drang ein Konzert aus Stimmen und Kupferinstrumenten zu ihnen herüber. Passepartout war nur noch Auge und Ohr, Herr Fogg schwieg und wartete geduldig ab.

Der Mahut sprang auf den Boden, band den Elefanten an einen Baum und drang ins Gebüsch vor. Einige Minuten später kam er zurück und erklärte: »Eine Prozession von Brahmanen, die hier vorbeikommt. Wir sollten versuchen, uns zu verstecken.«

Er führte den Elefanten in ein Dickicht und schärfte den Reisenden ein, auf keinen Fall ihre Plätze zu verlassen. Er selbst hielt sich bereit, sofort wieder aufzuspringen falls sie fliehen müssten. Doch ging er davon aus, dass die Gläubigen vorüberziehen würden, ohne die kleine Gruppe wahrzunehmen.

Der misstönende Lärm aus Stimmen und Instrumenten näherte sich. Monotone Gesänge, vermischt mit dem Klang von Trommeln und Zimbeln, ertönten. Die Prozession tauchte unter den Bäumen auf, kaum fünfzig Schritt von Herrn Fogg und seinen Begleitern entfernt. An ihrer Spitze gingen die Priester. Sie trugen eine hohe Kopfbedeckung und goldbestickte lange Gewänder. Sie waren von Männern, Frauen und Kindern umgeben, die einen religiösen Singsang hören ließen, der von den Schlägen der Tamtams und von Zimbeln begleitet wurde. Hinter ihnen, auf einem Karren mit großen Rädern, deren Sparren und Felgen die Form von Schlangen hatten und der von vier Buckelrindern gezogen wurde, kam eine abscheuliche Statue in Sicht. Sie hatte vier Arme, einen dunkelroten Leib, große, wilde Augen, wirres Haar, eine weit heraushängende Zunge und Lippen, die von Henna und Betelnuss verfärbt waren. Um ihren Hals hing eine Kette aus Totenschädeln, um ihre Hüften ein Gürtel aus abgeschlagenen Händen.

»Die Göttin Kali«, murmelte Sir Francis. »Die Göttin der Liebe und des Todes.«

»Des Todes, das sehe ich ein«, sagte Passepartout. »Aber der Liebe? Niemals!«

Der Parse machte ihm ein Zeichen, er solle sich still verhalten.

Um die Statue herum wanden und drehten sich alte Fakire, mit ockerfarbenen Streifen bemalt. Sie hatten sich kreuzartige Schnitte zugefügt, aus denen das Blut tropfte.

Hinter ihnen gingen einige Brahmanen in der ganzen Pracht ihrer orientalischen Gewänder. Sie zogen eine sehr hellhäutige junge Frau mit sich, die sich kaum auf den Beinen halten konnte. Ihr Kopf, ihr Hals, ihre Schultern, ihre Ohren, ihre Arme, ihre Hände, ihre Zehen waren über und über mit Ketten, Armbändern, Ohrringen und Ringen behängt. Eine goldbestickte Tunika und darüber ein Hauch aus Musselin umhüllten ihre Gestalt.

Auf diese junge Frau folgte eine Sänfte, von Wächtern getragen, die mit Säbeln und Pistolen bewaffnet waren. Sie trugen den Leichnam eines alten Mannes, der so reich geschmückt war, dass man in dem Toten sofort einen Maharadscha erkannte.

Den Schluss des Zuges bildeten Musikanten, und auf sie folgte noch ein Haufen laut schreiender Fanatiker, die manchmal sogar die Instrumente übertönten.

»Ein Suttee«, sagte der General traurig und wandte sich dem Parsen zu. Der legte den Finger auf den Mund.

Phileas Fogg hatte dieses Wort gehört. Und als der Singsang langsam verhallte, fragte er: »Was ist ein Suttee?«

»Ein Suttee, Herr Fogg«, antwortete der General, »ist ein Menschenopfer, aber ein freiwilliges. Diese Frau, die Sie gesehen haben, wird morgen früh bei Anbruch der Dämmerung verbrannt.«

»Und dieser Leichnam?«

»Ist der ihres Gatten, eines unabhängigen Fürsten des Bundelkhand.«

»Wollen Sie damit sagen«, meinte Phileas Fogg völlig emotionslos, »dass der barbarische Brauch der Witwenverbrennung in Indien immer noch existiert und es den Engländern nicht gelungen ist, ihn auszurotten?«

»Im größten Teil Indiens schon«, entgegnete Sir Francis. »Aber wir haben keinen Einfluss auf die unzivilisierten Gebiete und insbesondere nicht auf das Bundelkhand.«

»Diese Barbaren«, rief Passepartout. »Mein Gott, die arme Frau. Verbrannt zu werden!«

»Ja. Verbrannt. Und wenn sie sich nicht opferte«, erklärte Sir Francis, »dann würde ihre Familie sie ins absolute Elend stoßen und sie würde in irgendeiner Ecke verrecken wie ein Hund.«

»Nicht alle diese Opfer sind freiwillig«, warf der Mahut ein. »Dieses hier zum Beispiel ist es nicht.«

»Woher wollen Sie das wissen?«

»Die Geschichte kennt hier jeder.«

»Aber die Unglückliche schien gar keinen Widerstand zu leisten«, meinte Sir Francis.

»Weil man sie mit dem Rauch von Hanf und Opium betäubt hat.«

»Und wo wird sie hingeführt?«

»Zur Pagode von Pillaji, zwei Meilen von hier. Dort wird sie die Nacht verbringen und die Stunde ihres Opfertodes erwarten.«

Mit diesen Worten führte der Parse den Elefanten aus dem Dickicht heraus und sprang auf den Hals des Tieres. Doch gerade als er den Pfiff ausstoßen wollte, mit dem Kiouni sich in Bewegung setzen würde, hielt Herr Fogg ihn zurück und wandte sich an Sir Francis Cromarty:

»Und wenn wir diese Frau nun retten?«

»Diese Frau retten! Herr Fogg!«, rief der General.

»Ich habe noch zwölf Stunden Vorsprung. Die könnte ich dazu verwenden.«

»Aber Sie haben ja ein Herz!«

»Manchmal«, antwortete Herr Fogg. »Wenn die Zeit es erlaubt.«

Es war ein kühnes und schwieriges Unterfangen, vielleicht sogar undurchführbar. Doch Herr Fogg zögerte nicht und hatte in Sir Francis einen entschlossenen Verbündeten. Und Passepartout war sowieso zu allem bereit, denn dieses Vorhaben seines Herrn überwältigte ihn.

Blieb nur noch der Mahut. Welche Rolle würde er bei dem Ganzen spielen? Würde er sich nicht auf die Seite der Hindus schlagen? Sir Francis fragte ihn rundheraus und er antwortete:

»Ich bin Parse. Und diese Frau ist Parsin. Also verfügen Sie über mich.«

»Recht so«, sagte Herr Fogg.

»Trotzdem sollten Sie wissen«, sagte der Parse, »dass wir nicht nur unser Leben riskieren, sondern schreckliche Foltern, falls wir gefasst werden. Also sehen Sie sich vor.«

»Selbstverständlich.«

Der tapfere Parse berichtete, die junge Frau, deren Schönheit berühmt sei, entstamme einer reichen Kaufmannsfamilie in Bombay. Sie habe eine rein europäische Erziehung genossen und aufgrund ihrer hellen Hautfarbe könne man sie ohne weiteres für eine Europäerin halten. Ihr Name sei Aouda. Nachdem ihre Eltern gestorben waren, wurde sie gegen ihren Willen mit diesem alten Maharadscha von Bundelkhand verheiratet. Drei Monate später war sie Witwe. Sie kannte das Schicksal, das sie erwartete, und floh. Doch man ergriff sie und die Familie ihres Mannes, die ein Interesse an ihrem Tod hatte, verurteilte sie zu dieser Folterqual, von der es wohl kein Entrinnen mehr geben würde.

Dieser Bericht bestärkte Herrn Fogg und seine Begleiter erst recht in ihrem großzügigen Entschluss, die junge Frau zu befreien.

Eine halbe Stunde darauf, nachdem der Mahut den Elefanten in Richtung Pagode von Pillaji gelenkt hatte, wo das Opfer gefangen gehalten wurde, machten sie in einem Gebüsch halt, das ungefähr fünfhundert Schritt entfernt war.

Man sah das Gebäude nicht, aber man hörte das Schreien der Fakire. Wie sollte man zu der Unglücklichen vordringen? Würde man eine Tür benutzen können, wenn alle ihren Rausch ausschliefen? Oder würde man ein Loch in die Mauer schlagen müssen? Nur eines stand fest: Was immer sie auch tun würden, es musste heute Nacht geschehen, denn danach würde es zu spät sein.

Sie warteten auf den Einbruch der Dunkelheit. Gegen sechs Uhr beschlossen sie, das Gelände um die Pagode herum zu erkunden. Nach und nach verstummten die Fakire, was bedeutete, dass sie jetzt ihren Rausch aus Hanf und Opium ausschliefen und man vielleicht mitten durch sie hindurch zum Tempel gelangen konnte.

Lautlos schlich der Parse durch das Unterholz voran, gefolgt von Herrn Fogg, Sir Francis und Passepartout.

Nach ungefähr zehn Minuten gelangten sie ans Ufer eines kleinen Flusses und erblickten dort im Schein von Fackeln einen Scheiterhaufen, errichtet aus kostbarem Sandelholz und mit kostbarem Duftöl getränkt. Auf diesem Scheiterhaufen ruhte der einbalsamierte Leichnam des Maharadschas, der zur gleichen Zeit verbrannt werden würde wie die Witwe. Hundert Schritt weiter war die Pagode zu sehen.

»Kommen Sie«, sagte der Mahut leise und glitt lautlos durchs hohe Gras. Inzwischen wurde die Stille nur noch vom Säuseln des Windes unterbrochen. Kurz darauf kamen sie zu einer von Fackeln erhellten Lichtung, die übersät war von schlafenden Männern, Frauen und Kindern. Auf der anderen Seite, zwischen hohen Bäumen, erhob sich der Tempel von Pillaji. Und zur großen Enttäuschung des Parsen wurde er von Fackeln beleuchtet, bewaffnete Wächter umringten ihn. Man musste davon ausgehen, dass innen die Priester aufpassten. Der Parse blieb stehen, kehrte um und führte seine Begleiter ein Stück zurück. Sie berieten sich.

»Es ist erst acht Uhr«, gab der General zu bedenken. »Vielleicht schlafen die Wachen auch irgendwann ein.«

»Das ist möglich«, sagte der Parse.

Sie legten sich alle unter einen Baum und warteten. Doch selbst um Mitternacht war die Situation noch unverändert, die Wächter gingen auf und ab. Also würden sie ein Loch in die Tempelmauer schlagen müssen ohne zu wissen, ob die Priester nicht direkt neben ihrem Opfer wachten.

Schließlich erklärte sich der Parse zum Aufbruch bereit und die anderen folgten ihm. Sie machten einen großen

Bogen und näherten sich der Pagode von hinten. Eine halbe Stunde später hatten sie die Mauer erreicht und waren niemandem begegnet. Es gab zwar keine Wächter, aber auch keine Fenster oder Türen.

Es war eine finstere Nacht. Die schmale Sichel des Mondes wurde von großen Wolken verdeckt, hohe Bäume steigerten noch die Dunkelheit. Aber jetzt galt es, ein Loch in die Mauer zu schlagen. Für dieses Vorhaben hatten Phileas Fogg und seine Begleiter kein einziges Werkzeug zur Verfügung außer ihren Taschenmessern. Glücklicherweise bestanden die Wände des Gebäudes aus einer Mischung aus Ziegeln und Holz. Und sobald man den ersten Ziegel gelockert und entfernt hatte, konnte man die anderen leicht herausbrechen.

So leise es ging, machten sich der Parse auf der einen und Passepartout auf der anderen Seite an die Arbeit, um ein zwei Fuß großes Loch herauszubrechen. Sie kamen recht gut voran, als plötzlich innen im Tempel ein Ruf erschallte, dem Rufe von draußen antworteten. Sie hielten inne. Waren sie entdeckt worden? Wurde Alarm geschlagen? Die Klugheit gebot ihnen, davonzulaufen.

Das taten sie auch und fanden sich gemeinsam mit Phileas Fogg und Sir Francis im Schatten des Waldes wieder, um abzuwarten, was geschehen würde und danach ihre Arbeit wieder aufzunehmen. Aber dazu sollte es nicht mehr kommen, weil ab sofort auch an der hinteren Seite des Tempels Wachen postiert wurden.

Die Enttäuschung der vier Männer lässt sich kaum beschreiben. Wie sollten sie das Opfer jetzt noch retten? Sir Francis ballte die Fäuste, Passepartout war außer sich und der Parse konnte ihn kaum zurückhalten. Der ungerührte Herr Fogg ließ kein Gefühl erkennen.

»Also können wir nur noch verschwinden?«, fragte der General.

»Wir können nur noch verschwinden«, bestätigte der Mahut.

»Wartet«, sagte Herr Fogg. »Es reicht, wenn ich morgen kurz vor Mittag in Allahabad bin.«

»Aber worauf hoffen Sie?«, fragte Sir Francis. »In einigen Stunden wird es Tag und dann ...«

»Das Glück, das uns bisher nicht hold war, kann sich im letzten Moment noch einstellen.«

Was hatte dieser immer kühl wirkende Engländer bloß vor? Wollte er sich etwa in dem Moment, wo man den Scheiterhaufen anzündete, auf die junge Frau stürzen und sie hochoffiziell ihren Peinigern entreißen? Hatte er den Verstand verloren? Trotzdem erklärte Sir Francis sich bereit, den Ausgang dieses schrecklichen Stückes abzuwarten.

Der Parse bestand darauf, alle in Deckung zu bringen und führte sie wieder auf die andere Seite der Lichtung, wo sie die Schlafenden im Auge hatten.

Inzwischen verfolgte Passepartout, der auf dem dicken Ast eines Baumes saß, eine Idee, die ihm plötzlich durch den Kopf geschossen war. Eine verrückte Idee. Aber warum nicht? Es ist vielleicht die einzige Chance, dachte er sich. Aber er behielt seine Gedanken für sich und schmiegte sich wie eine Schlange in die Astgabel.

Die Stunden verrannen und dann verkündete ein winziger heller Streifen am Horizont den kommenden Tag.

Plötzlich kam Leben in die Menschenmenge. Trommeln wirbelten, der Gesang und das Geschrei begannen von Neuem.

Die Türen der Pagode öffneten sich. Im Schein der Fackeln konnten Herr Fogg und Sir Francis das Opfer sehen, das von zwei Priestern nach draußen gezerrt wurde, wobei sie den Eindruck hatten, dass die junge Frau versuchte, den Priestern zu entkommen. Sir Francis schlug das Herz bis zum Hals. Krampfhaft ergriff er die Hand von Herrn Fogg und spürte, dass dieser ein offenes Messer umklammert hielt.

Die Menge setzte sich in Bewegung, und die junge Frau verfiel wieder in jene Apathie, die der Rauch des Hanfes bewirkt. Phileas Fogg und seine Mitstreiter folgten der Menge. Nach zwei Minuten waren sie am Fluss und blieben fünfzig Schritt vom Scheiterhaufen entfernt stehen. Gerade wurde das völlig teilnahmslose Opfer neben den Leichnam seines Gatten gelegt. Eine Fackel wurde an den Scheiterhaufen gehalten, der sofort in hellen Flammen aufging. Sir Francis und der Parse hielten Phileas Fogg zurück, der Anstalten machte, sich auf den Scheiterhaufen zu stürzen …

Gerade stieß er beide von sich, als plötzlich ein Entsetzensschrei ertönte. Von Grauen erfasst warfen die Menschen sich zu Boden. War denn der alte Maharadscha nicht tot, dass er sich jetzt, einem Gespenst gleich, aufrichtete, die junge Frau auf seine Arme nahm und durch die wohlriechenden Rauchschwaden vom Scheiterhaufen stieg? Niemand wagte es, den Kopf zu heben und dieses Wunder näher zu betrachten.

Das leblose Opfer schien für die kräftigen Arme, die es trugen, keine Last zu sein. Herr Fogg und Sir Francis waren wie vom Donner gerührt. Der Parse hielt den Kopf gesenkt und Passepartout war sicherlich ebenso verblüfft …

Jetzt näherte sich dieser Wiederauferstandene dem Platz, an dem Herr Fogg und Sir Francis standen, der einen knappen Befehl äußerte:

»Nichts wie weg hier!«

Passepartout war es, der im Schutz des dichten Rauches zum Scheiterhaufen gekrochen war und unter Ausnutzung der immer noch herrschenden Dunkelheit die junge Frau ihrem sicheren Tod entrissen hatte.

Unmittelbar darauf waren sie im Wald verschwunden und der Elefant verfiel in Trab. Ein furchtbares Geschrei erhob sich, der Hut von Herrn Fogg wurde von einer Kugel durchlöchert. Daraus schlossen sie, dass ihre List entdeckt worden war.

Auf dem Scheiterhaufen brannte inzwischen der Leichnam des alten Maharadschas. Die Priester, die sich von ihrem Entsetzen erholt und begriffen hatten, dass gerade ihr Opfer entführt wurde, stürzten hinter unseren Freunden her. Aber die waren schon weit genug weg, sodass die Pfeile und die Kugeln sie nicht mehr treffen konnten.

4

Eine Stunde danach lachte Passepartout immer noch über seinen gelungenen Streich. Sir Francis Cromarty hatte dem unerschrockenen Burschen die Hand geschüttelt. »Gut gemacht«, hatte Herr Fogg gesagt, was bei ihm einem höchsten Lob gleichkam. Passepartout jedoch meinte, die Ehre gebühre seinem Herrn. Er habe schließlich nur eine »verrückte« Idee gehabt. Und bei dem Gedanken daran, dass er, der ehemalige Turnlehrer und Feuerwehrmann, für einen Augenblick in die Rolle eines einbalsamierten Maharadschas geschlüpft war, musste er erneut lachen.

Die junge Frau indessen hatte von all dem nichts bemerkt und ruhte, in Decken eingehüllt, in einem der Tragekörbe.

Der Elefant wurde von der sicheren Hand seines Mahut geleitet und lief durch den noch dunklen Wald auf eine große Ebene zu. Um sieben Uhr machten sie halt. Die junge Frau war immer noch völlig apathisch. Der Parse flößte ihr Wasser mit ein wenig Brandy ein, aber ihr Zustand würde sicher noch eine Weile anhalten.

Der General, der die Wirkung des Inhalierens von Hanfdämpfen kannte, machte sich deswegen auch keine Sorgen. Etwas ganz anderes beschäftigte ihn. Wenn Frau Aouda in Indien bliebe, erklärte er Phileas Fogg, würde sie unvermeidlich wieder in die Hände ihrer Peiniger fallen. Diese Teufel seien über den ganzen Subkontinent verstreut und würden ihr Opfer ungeachtet der englischen Polizei überall finden, ob dies nun in Madras, Bombay oder Kalkutta sei.

Er werde dem Rechnung tragen und entsprechend handeln, entgegnete Herr Fogg.

Gegen zehn Uhr kam Allahabad in Sicht. Von dort brauchte der Zug noch einen Tag und eine Nacht bis Kalkutta. Phileas Fogg hatte also genügend Zeit, um das Schiff nach Hongkong zu erreichen, das am 25. zu Mittag ablegen sollte.

Man brachte die junge Frau in einem Zimmer am Bahnhof unter. Passepartout erhielt den Auftrag, einige Dinge wieToilettenartikel, Gewand, Tuch, Pelze, was er fand, für sie zu kaufen, wobei er so viel Geld ausgeben durfte, wie er wollte.

Er machte sich also auf den Weg und durchstreifte die heilige Stadt. Allahabad ist eine der bedeutendsten hinduistischen Wallfahrtsstätten, weil es am Zusammenfluss der beiden heiligen Ströme Yamuna und Ganges liegt. Der Ganges, so der Glaube, entspringt im Himmel und ein Bad in seinen Wassern gilt als rituelle Reinigung.

Passepartout suchte vergeblich nach schönen Geschäften, denn die Stadt war schon längst nicht mehr das blühende Handels- und Industriezentrum, das sie einmal gewesen war. Schließlich fand er das Nötigste bei einem alten Trödler. Er kaufte ein Kleid aus kariertem Schottenstoff, einen weiten Mantel und einen prächtigen Pelzkragen, für den er ohne weiteres fünfundsiebzig Pfund bezahlte. Dann zog er triumphierend zum Bahnhof zurück.

Frau Aouda kam nach und nach wieder zu sich und in ihre schönen Augen kehrte langsam Leben zurück. Man hätte ihre Schönheit nach allen Regeln der Kunst indischer Poesie beschreiben können, doch wir wollen es dabei bewenden lassen zu sagen, dass Frau Aouda, die Witwe des Maharadschas von Bundelkhand, auch im europäischen Sinne eine höchst reizvolle Frau war. Sie sprach ein sehr reines Englisch und der Mahut hatte nicht übertrieben, als er erklärte, man könne sie für eine Europäerin halten.

Unterdessen rückte die Abfahrt des Zuges immer näher. Der Parse wartete. Herr Fogg bezahlte ihm den ausgemachten Preis und keinen Heller mehr. Passepartout wunderte sich ein wenig, denn er wusste ja, was sein Herr dem Mahut alles zu verdanken hatte. Und da er ja bleiben musste, konnte ihn die furchtbare Rache der Hindus von Pillaji treffen, die sicher bald über seine Rolle in dem Spiel Bescheid wüssten.

Doch Phileas Fogg hatte bereits daran gedacht.

»Parse«, sagte er zu dem Mahut, »du hast mir gut und aufopfernd gedient. Deine normalen Dienste habe ich dir entgolten, nicht aber den Einsatz deines Lebens. Möchtest du den Elefanten haben? Er gehört dir.«

»Aber der ist ein Vermögen wert!«, rief der Parse mit leuchtenden Augen.

»Nimm ihn«, sagte Herr Fogg. »Und selbst dann werde ich noch in deiner Schuld stehen.«

»Großartig!«, rief Passepartout. »Nimm ihn, mein Freund. Kiouni ist ein tapferes und mutiges Tier.«

Er ging zu dem Elefanten und reichte ihm einige Stückchen Zucker. Kiouni gab Laute der Zufriedenheit von sich, umfing Passepartout behutsam mit seinem Rüssel und setzte ihn sich auf den Kopf. Passepartout, der überhaupt keine Angst vor ihm hatte, streichelte das Tier. Der Elefant trompetete vergnügt und setzte ihn dann wieder sanft auf den Boden.

Wenige Minuten später saßen Phileas Fogg, Sir Francis Cromarty und Passepartout in einem bequemen Zugabteil, dessen schönsten Platz sie Frau Aouda überlassen hatten, und dampften mit höchster Geschwindigkeit nach Benares.

Während dieser Fahrt kehrte die junge Frau vollends ins Leben zurück. Wer beschreibt ihr Erstaunen, als sie sich in europäischer Kleidung in der Gesellschaft ihr gänzlich unbekannter Menschen in einem Zugabteil wiederfand?

Ihre Mitreisenden überschütteten sie mit Aufmerksamkeit und belebten sie zunächst einmal mit einigen Schlückchen Likör. Dann erzählte ihr der General die ganze Geschichte. Er betonte Herrn Foggs Opferbereitschaft, der keine Sekunde gezögert habe, sein Leben für sie aufs Spiel zu setzen, und berichtete dann in bewegten Worten vom glücklichen Ausgang des Abenteuers durch Passepartouts verwegenen Einfall.

Herr Fogg ließ ihn reden, ohne ein Wort zu sagen, und Passepartout murmelte immer wieder, das sei doch alles nicht der Rede wert gewesen.

Frau Aouda dankte ihren Rettern mehr durch Tränen als durch Worte. Ihre schönen Augen drückten das aus, was ihre Lippen nicht zu sagen vermochten. Dann erinnerte sie sich plötzlich an all das Erlebte und wurde von Entsetzen geschüttelt, das von dem Gedanken, welche Gefahren diese indische Landschaft noch für sie barg, gesteigert wurde.

Phileas Fogg verstand, was in ihr vorging. Um sie zu beruhigen, bot er ihr knapp und kühl an, sie bis nach Hongkong mitzunehmen, wo sie so lange bleiben könne, bis Gras über die ganze Angelegenheit gewachsen wäre. Frau Aouda, die in Hongkong einen Verwandten hatte, nahm das Angebot dankend an.

Um halb ein Uhr mittags hielt der Zug in Benares, der Ort, von dem die Legende behauptet, man habe es genau an jener Stätte errichtet, die in einer früheren Zeit, so wie das Grab Mohammeds, zwischen Zenit und Nadir geschwebt habe. Aber jetzt lag die Stadt, die Orientalisten das indische Athen nennen, ganz weltlich da. Aus dem Zug heraus nahm Passepartout Ziegelhäuser und Lehmhütten wahr, die einen völlig trostlosen Eindruck machten.

Sir Francis Cromarty war am Ziel seiner Reise. Er verabschiedete sich von Phileas Fogg und wünschte ihm viel Erfolg. Herr Fogg berührte flüchtig die Finger des Generals. Frau Aouda war herzlicher. Niemals würde sie vergessen, was Sir Francis für sie getan habe. Passepartout wurde die Ehre zuteil, den festen Händedruck eines Generals zu empfangen.

Nach Benares folgte die Eisenbahn eine Zeit lang dem Flussbett des Ganges im Staat Bihar. Unsere Freunde erblickten Berghänge mit Mais-, Weizen- und Gerstenfeldern, sie sahen Flüsse und Teiche voller grünlicher Alligatoren. Dörfer und Wälder flogen vorbei. Elefanten und Zebus badeten im heiligen Fluss, und obwohl es nicht mehr warm war, gab es noch viele Hindus beiderlei Geschlechts, die ihr rituelles Bad nahmen. Diese Menschen, die die Lehren Buddhas ablehnen, sind glühende Anhänger des Brahmanismus, verkörpert in Brahma, Shiva und Vishnu. Man fragt sich, wie diese Götter das nunmehr »britannisierte« Indien wohl sehen mussten, wenn die Wellen eines Dampfschiffs die heiligen Wasser des Ganges aufwühlten und damit die Möwen verscheuchten, die Schildkröten vom Brüten abhielten und die Gläubigen an seinen Ufern entsetzten.

Die Aussicht wurde häufig von einer Dampfwolke verhüllt. Deshalb nahmen die Reisenden die Festung Kunar zwanzig Meilen südwestlich von Benares nicht wahr, sie sahen weder die berühmten Rosenwasserfabriken von Ghazipur noch das Grabmal von Lord Cornwallis. Und auch auf das bedeutende Industriezentrum Patna konnten sie nur einige flüchtige Blicke werfen.

Schließlich brach die Nacht herein, und unter dem Gebrüll der Tiger und Bären und dem Heulen der Wölfe, die vor der Lokomotive flüchteten, raste der Zug auf Kalkutta zu, wo er um sieben Uhr früh eintraf.

Das Schiff nach Hongkong würde nicht vor Mittag die Anker lichten. Bis zur Weiterreise blieben Phileas Fogg noch fünf Stunden. Sein Zeitplan sah vor, dass er dreiundzwanzig Tage nach seiner Abreise von London, also am 25. Oktober, in der indischen Hauptstadt eintreffen musste. Der Zeitplan war eingehalten worden, doch seinen Vorsprung von zwei Tagen hatte er verloren. Der

Grund hierfür ist uns bekannt, und es ist anzunehmen, dass Phileas Fogg diesen Verlust nicht beklagte.

Der Zug fuhr in den Bahnhof ein. Passepartout stieg aus. Ihm folgte Phileas Fogg, der seiner jungen Begleiterin beim Aussteigen half. Er wollte Frau Aouda sofort zum Schiff bringen, um sie keiner unnötigen Gefahr auszusetzen.

Als er das Bahnhofsgebäude verließ, trat ein Polizist auf ihn zu.

»Herr Phileas Fogg?«

»Ja?«

»Ist dieser Mann Ihr Diener?«

»Ja.«

»Bitte folgen Sie mir beide.«

Herr Fogg zeigte sich in keiner Weise überrascht. Der Mann war ein Hüter des Gesetzes und das Gesetz ist einem Engländer heilig. Passepartout als Franzose wollte Einwände erheben, doch der Polizist berührte ihn mit seinem Knüppel und Phileas Fogg hieß ihn schweigen. Er bat lediglich um die Erlaubnis, dass die junge Dame sie begleiten dürfe, was ihm gestattet wurde.

Der Polizist führte sie zu einem viersitzigen Wagen, den zwei Pferde zogen. Die Fahrt ging zunächst durch die sogenannte »schwarze Stadt« mit ihren engen Gassen und armseligen Hütten, in denen es von unzähligen schmutzigen und zerlumpten Menschen aus allen Ecken der Erde wimmelte. Dann kamen sie ins europäische Viertel mit seinen freundlichen, von Kokospalmen beschatteten Ziegelhäusern. Trotz der frühen Morgenstunde konnte man bereits prächtige Gespanne und elegante Kavaliere bewundern.

Nach zwanzig Minuten war die Fahrt zu Ende und der Wagen hielt vor einem Gebäude, dem man ansah, dass es kein Wohnhaus war. Der Polizist führte seine Gefangenen – denn so konnte man sie tatsächlich nennen – in einen Raum mit vergitterten Fenstern.

»Um acht Uhr dreißig werden Sie dem Richter Obadjah vorgeführt.« Damit schloss er die Tür und ging.

»Jetzt haben sie uns!«, rief Passepartout und ließ sich auf einen Stuhl fallen.

Mit bewegter Stimme wandte sich Frau Aouda an Herrn Fogg: »Ich muss Sie verlassen. Sie haben mich gerettet und jetzt werden Sie meinetwegen verfolgt!«

Phileas Fogg begnügte sich mit der Erklärung, dass dies nicht möglich sei. Ein Suttee zu vereiteln sei keine strafbare Handlung, demgemäß könne auch von niemandem Klage erhoben werden. Er würde sie auf gar keinen Fall im Stich lassen, fügte er hinzu, sondern unbeschadet nach Hongkong bringen.

»Aber das Schiff legt zu Mittag ab«, gab Passepartout zu bedenken.

»Vorher sind wir an Bord«, entgegnete der unerschütterliche Gentleman.

Um acht Uhr dreißig kehrte der Polizist zurück und geleitete die drei in einen Nebenraum. Das war ein öffentlicher Gerichtssaal, in dem sich bereits viele Menschen befanden.

Herr Fogg, Frau Aouda und Passepartout setzten sich auf eine Bank gegenüber dem Pult von Richter und Gerichtsschreiber. Ein großer, dicker Mann betrat den Saal. Das war der Richter Obadjah. Er nahm seine Perücke vom Nagel und setzte sie auf.

»Erster Fall bitte«, sagte er. Dann fasste er sich an den Kopf. »Das ist ja gar nicht meine Perücke.«

»Mit Verlaub, Herr Obadjah, das ist meine«, sagte der Schreiber Oysterpuf.

»Lieber Herr Oysterpuf, ein Richter kann unmöglich mit der Perücke eines Schreibers auf dem Kopf ein Urteil fällen!«

Sie tauschten die Perücken aus und der Richter rief erneut den ersten Fall auf.

»Phileas Fogg?«, sagte der Schreiber.

»Hier«, sagte Herr Fogg.

»Passepartout?«

»Auch hier.«

»Gut. Angeklagte, seit zwei Tagen wurde jeder Zug aus Bombay abgepasst, um Sie festzunehmen.«

»Aber wie lautet die Anklage?«, rief Passepartout.

»Das werden Sie schon noch hören.«

»Ich bin britischer Bürger und ich habe das Recht …«, sagte Herr Fogg.

»Hat es Ihnen gegenüber an Rücksicht gemangelt?«

»Keineswegs.«

»Dann führt die Kläger herein.«

Drei Priester betraten den Saal.

»Da sind sie«, murmelte Passepartout. »Da sind die Schufte, die unsere junge Dame verbrennen wollten.«

Die Priester traten vor den Richtertisch und der Schreiber las mit lauter Stimme die Anklage gegen Phileas Fogg und seinen Diener wegen Gotteslästerung und Schändung eines Heiligtums vor.

»Haben Sie verstanden?«, fragte der Richter Herrn Fogg.

»Jawohl«, sagte dieser, schaute auf seine Uhr und fügte hinzu: »Und ich bekenne mich schuldig.«

»Aha! Sie bekennen sich schuldig?«

»Ja. Und ich erwarte, dass diese drei Priester sich gleichzeitig ihres geplanten Verbrechens bei der Pagode von Pillaji schuldig bekennen.«

Die Priester schauten sich entgeistert an.

»Jawohl!«, schrie Passepartout. »Wo sie ihr Opfer verbrennen wollten!«

»Wieso Opfer? Und verbrennen? Mitten in Bombay?«, fragte der Richter.

»Bombay?«, rief Passepartout.

»Natürlich. Wir reden hier nicht von Pillaji, sondern von der Pagode auf dem Malebarhügel in Bombay.«

»Und als Beweis«, fügte der Schreiber hinzu, »haben wir hier die Schuhe des Übeltäters.«

»Meine Schuhe!«, jubelte Passepartout.

Man kann sich vorstellen, in welche Verwirrung Herr und Diener gestürzt wurden, die beide überhaupt nicht mehr an den Vorfall in der Pagode von Bombay gedacht hatten. Und jetzt standen sie deswegen in Kalkutta vor Gericht.

Kriminalinspektor Fix hatte nämlich sofort begriffen, welcher Vorteil sich für ihn aus dieser unglücklichen Angelegenheit ergab, und den Priestern vom Malebarhügel seinen Beistand angeboten. Weil er wusste, wie streng die britische Regierung solcherlei Vergehen ahndete, hatte er ihnen eine erhebliche Entschädigung in Aussicht gestellt und sie mit dem nächsten Zug auf die Fährte des Kirchenschänders gehetzt. Da aber die Befreiung der jungen Witwe einige Zeit in Anspruch genommen hatte, war Fix mit seinen drei Priestern vor Phileas Fogg und seinem Diener in Kalkutta eingetroffen und musste zu seiner Enttäuschung feststellen, dass sie trotz vorliegendem Haftbefehl noch gar nicht festgenommen worden waren. Hatte der Bankräuber etwa irgendwo unterwegs den Zug verlassen und war in die unendlichen Weiten Zentralindiens geflüchtet?

Vierundzwanzig Stunden lang lag Fix im Bahnhof von Kalkutta auf der Lauer, bis sich der Erfolg einstellte und Herr Fogg und Passepartout eintrafen. Fix schickte den nächsten Polizisten zum Einsatz und dachte nicht weiter darüber nach, was die Gegenwart der jungen Frau zu bedeuten haben mochte. Jetzt verfolgte er aus einer Ecke des Saales die Gerichtsverhandlung mit größtem Interesse, weil nämlich der Haftbefehl aus London immer noch nicht eingetroffen war.

»Sie bekennen sich also schuldig?«, fragte der Richter die Angeklagten.

»Schuldig«, bestätigte Phileas Fogg kühl.

»Angesichts dessen«, begann der Richter, »dass das britische Gesetz sämtliche Religionen Indiens gleichermaßen unter Schutz stellt und ferner angesichts der Tatsache, dass der Angeklagte Passepartout das Vergehen zugibt, verurteile ich ihn hiermit zu zwei Wochen Gefängnis und einer Geldstrafe von dreihundert Pfund.«

»Dreihundert Pfund?«, schrie Passepartout.

»Ruhe!«, rief der Gerichtsdiener.

»Ferner«, fuhr der Richter fort, »nachdem nicht erwiesen ist, dass es kein Komplott zwischen dem Diener und dem Herrn gab und der Herr für das Verhalten seines Dieners verantwortlich ist, verurteile ich besagten Phileas Fogg zu acht Tagen Gefängnis und hundertfünfzig Pfund Geldstrafe. Gerichtsdiener, rufen Sie den nächsten Fall auf!«

Fix stand in seiner Ecke und konnte seine Genugtuung kaum verbergen. Phileas Fogg würde acht Tage in Kalkutta bleiben müssen, in der Zeit sollte der Haftbefehl endlich eingetroffen sein.

Passepartout war wie betäubt. Dieses Urteil bedeutete den Ruin seines Herrn, der seine Wette nun verlieren würde. Und alles nur seinetwegen!

Phileas Fogg saß da, als ob ihn dieses Urteil nichts anginge. Er hatte nicht einmal mit der Wimper gezuckt. Als jedoch der Gerichtsdiener den nächsten Fall aufrief, erhob er sich und sagte: »Ich stelle Kaution.«

»Das ist Ihr gutes Recht«, sagte der Richter und legte für jeden die enorme Summe von tausend Pfund Kaution fest.

»Ich zahle«, sagte Herr Fogg, zog aus der Reisetasche, die Passepartout umklammert hielt, die Banknoten heraus und legte sie auf den Richtertisch. Der Richter erklärte, dass sie diese Summe abzüglich ihrer Geldstrafe nach Absitzen ihrer Gefängnisstrafe zurückbekämen und jetzt auf Kaution frei seien.

»Kommen Sie«, sagte Herr Fogg zu Passepartout, der

wenigstens seine Schuhe wiederhaben wollte und dann ganz jämmerlich seinem Herrn folgte. Phileas Fogg bot Frau Aouda seinen Arm. Fix ging davon aus, dass er niemals so viel Geld verschleudern und seine Gefängnisstrafe antreten würde. Hoffnungsvoll heftete er sich an Herrn Foggs Fersen.

Dieser jedoch verließ das Gerichtsgebäude und mietete einen Wagen, der ihn, Frau Aouda und Passepartout unverzüglich zum Kai brachte. Fix rannte hinterher. Dort sah er, wie Phileas Fogg, dem noch eine Stunde bis zum Ablegen der *Rangoon* blieb, mit Frau Aouda und Passepartout in ein Ruderboot stieg und sich zum Dampfer bringen ließ. Die drei stiegen an Bord und verschwanden im Inneren des Schiffes.

Der Inspektor stampfte mit dem Fuß auf. »Der Gauner!«, schrie er. »Er haut ab! Zweitausend Pfund zum Fenster hinausgeworfen. Verschwenderisch wie ein Dieb! Aber ich folge ihm, und wenn es bis ans Ende der Welt ist. Doch bei seinem Tempo hat er dann vielleicht das ganze geraubte Geld schon ausgegeben.«

Auch die *Rangoon*, hauptsächlich im Indischen Ozean und im Chinesischen Meer unterwegs, gehörte der Ostindischen Handelskompanie. Sie war zwar ebenso schnell wie die *Mongolia*, aber bei Weitem nicht so komfortabel. Frau Aouda konnte also nicht so untergebracht werden, wie Phileas Fogg dies wünschte. Aber die Reise würde nicht mehr als elf oder zwölf Tage dauern und die junge Frau stellte keine besonderen Ansprüche.

Während der ersten Tage der Überfahrt lernte Frau

Aouda Herrn Fogg etwas näher kennen und versicherte ihn immer wieder ihrer Dankbarkeit. Der Gentleman hörte ihr zwar höflich zu, schien aber von ihren Worten gänzlich ungerührt zu sein. Allerdings achtete er streng darauf, dass es ihr an nichts fehle. Seine regelmäßigen Höflichkeitsbesuche glichen einem Uhrwerk. Sie verliefen ebenso steif wie korrekt. Frau Aouda wusste nicht mehr, was sie denken sollte. Passepartout hatte ihr ein wenig von der exzentrischen Persönlichkeit seines Herrn erzählt und auch von der Wette, die ihn um die Welt trieb. Frau Aouda hatte gelächelt. Aber schließlich war er ihr Lebensretter, dem sie dafür unendliche Dankbarkeit entgegenbrachte.

Sie bestätigte die Lebensgeschichte, die der Mahut ihnen erzählt hatte. Einer ihrer Verwandten in Bombay gehörte zu den erfolgreichsten parsischen Geschäftsleuten dort. Er hatte ein Vermögen in Baumwolle gemacht und war von der Königin geadelt worden. Der Verwandte in Hongkong, zu dem sie wollte, war wiederum ein Cousin dieses Herrn. Ob sie dort allerdings Zuflucht und Hilfe finden würde, vermochte sie nicht zu sagen. Sie möge sich keine Sorgen machen, erklärte Herr Fogg kühl, es werde schon alles seine Ordnung haben.

Verstand die junge Frau, was dieses schreckliche Wort Ordnung bedeuten sollte? Wir wissen es nicht. Doch ihre großen Augen, »klar und tief wie die heiligen Seen des Himalaya«, richteten sich auf ihn. Phileas Fogg hingegen, zugeknöpft wie immer, schien nicht der Mann zu sein, sich in einen solchen See stürzen zu wollen.

Es war schönes Wetter und die Reise durch den Golf

von Bengalen verlief angenehm. Bald kam die größte der Andamanen-Inseln in Sicht. Das Schiff fuhr dicht an der Küste vorbei, doch von den wilden Papuas, von denen es ungerechterweise heißt, sie seien Menschenfresser, ließ sich keiner blicken. Nachdem diese malerische Inselgruppe den Blicken der Passagiere entschwunden war, fuhr die *Rangoon* in Richtung Malaccastraße, die den Golf von Bengalen mit dem Chinesischen Meer verbindet.

Was tat unterdessen der Herr Kriminalinspektor Fix, der auf so unglückliche Weise in eine Reise um die Welt hineingeschlittert war? In Kalkutta hatte auch er sich auf der *Rangoon* eingeschifft, nachdem er Anweisung hinterlassen hatte, ihm den Haftbefehl unverzüglich nach Hongkong nachzuschicken. Er vermied es, Passepartout zu begegnen, um keine Erklärung für seine Anwesenheit an Bord abgeben zu müssen. All seine Hoffnungen richteten sich jetzt auf einen einzigen Punkt der Erde, nämlich auf Hongkong. In Singapur würde das Schiff nicht lange ankern, deshalb musste er die vorgesehene Verhaftung auf Hongkong verschieben, dem letzten britischen Territorium, auf dem sie noch stattfinden konnte. Denn ab dort boten China, Japan oder Amerika dem Dieb eine fast sichere Zuflucht.

»Also«, sagte sich Herr Fix in seiner Kabine, »wenn der Haftbefehl in Hongkong vorliegt, dann verhafte ich ihn, und wenn er nicht vorliegt, dann muss ich den Mann um jeden Preis aufhalten. Koste es, was es wolle, oder mein Ruf ist ruiniert.«

Schlimmstenfalls müsste er Passepartout ins Vertrauen ziehen, der sicher nicht als Komplize gelten wollte und sich auf seine Seite schlagen würde. Allerdings war dies äußerst riskant, denn Passepartout könnte sich auch an seinen Herrn wenden, ihn warnen und damit alles zerstören.

Er befand sich also in höchster Verlegenheit, als die Anwesenheit von Frau Aouda an Bord des Schiffes in Begleitung von Herrn Fogg ihm plötzlich neue Perspektiven zu eröffnen schien. Wer war diese höchst attraktive Frau? Hatte Phileas Fogg diese Reise quer durch Indien etwa nur unternommen, um sie zu treffen? Und vielleicht hatte das Ganze ja einen kriminellen Hintergrund? Natürlich, das musste es sein. Eine Entführung! Ob die junge Frau nun verheiratet war oder nicht, in Hongkong könnte er dem Entführer so große Schwierigkeiten bereiten, dass der sich mit keinem Geld der Erde davon würde freikaufen können.

Aber er durfte auf keinen Fall warten, bis das Schiff im Hafen einlief, denn dieser Fogg hatte die Angewohnheit, von einem Dampfer auf den nächsten zu springen. Also musste er die Behörden vorab informieren und wollte zu diesem Zweck in Singapur ein Telegramm aufgeben. Doch vorher wollte er noch Passepartout befragen, von dem er wusste, wie gerne er plauderte. Also beschloss er, sein Versteckspiel aufzugeben, seine Kabine zu verlassen und sich zu zeigen. Er hatte keine Zeit zu verlieren. Es war der 30. Oktober und am nächsten Morgen sollte die *Rangoon* in Singapur eintreffen.

Er begab sich also an Deck und fand dort zu seinem Erstaunen Passepartout vor.

»Herr Fix«, rief dieser überrascht. »Nanu, ich lasse Sie

in Bombay zurück und treffe Sie dann hier wieder? Machen Sie etwa auch eine Reise um die Welt?«

»Nein, nein«, antwortete Fix. »Ich will nach Hongkong und werde dort einige Tage bleiben müssen.« Die Seekrankheit habe ihn in seiner Kabine festgehalten und deshalb sei man sich bisher an Bord noch nicht begegnet, erklärte er weiter. Und fragte dann beiläufig, wie es denn Herrn Fogg ginge?

»Hervorragend«, sagte Passepartout. »Korrekt und gewissenhaft wie immer und außerdem genau im Zeitplan. Ach, Herr Fix, das wissen Sie ja noch gar nicht, wir haben jetzt eine junge Dame bei uns.«

»Eine junge Dame?«, fragte Fix scheinbar erstaunt.

Passepartout erzählte ihm alles, was geschehen war. Angefangen von seinem Abenteuer in der Pagode von Bombay über den Kauf des Elefanten und die Entführung Frau Aoudas bis zur Gerichtsverhandlung in Kalkutta.

»Will Ihr Herr die junge Frau denn mit nach Europa nehmen?«

»Aber nein«, sagte Passepartout. »Wir bringen sie nur zu einem Verwandten in Hongkong, einem reichen Geschäftsmann.«

»Nichts zu machen«, sagte sich der Kriminalinspektor, der seine Enttäuschung nur mühsam verbergen konnte. Und dann lud er Passepartout auf ein Glas Gin ein, was dieser dankend annahm, um ihr freudiges Wiedersehen an Bord der *Rangoon* zu feiern.

Ab jetzt trafen sich Passepartout und der Inspektor häufiger, aber der Polizist verhielt sich zurückhaltend und versuchte nicht mehr, Passepartout auszufragen. Dieser machte sich Gedanken über den seltsamen Zufall, der Herrn Fix wiederum die gleiche Route nehmen ließ wie Herr Fogg. In Suez hatte der freundliche und zuvorkommende Herr die *Mongolia* bestiegen, weil er angeblich einige Zeit in Bombay zu tun hatte. Und jetzt fand er ihn auf der *Rangoon* wieder, die auf dem Weg nach Hongkong war. Natürlich hätte er den wahren Grund für das ständige Auftauchen von Fix niemals erraten können. Da es aber in der menschlichen Natur liegt, für alles und jedes eine Erklärung finden zu müssen, dachte er sich, dass er ein Spitzel sei, der im Auftrag der Herren des Reform-Klubs kontrollieren sollte, ob die Reise um die Welt auch wirklich stattfände. Dieser Gedanke empörte ihn. Wo Herr Fogg doch so nobel und ehrenhaft war! Das, meine Herren, schwor er sich, wird Sie teuer zu stehen kommen. Und er nahm sich vor, erstens seinem Herrn nichts zu sagen und zweitens Herrn Fix bei Gelegenheit ein klein wenig zu verspotten, ohne ihn bloßzustellen.

Am Nachmittag des 30. Oktober lief die *Rangoon* in die Meerenge von Malacca ein, die die Malaienhalbinsel von der Insel Sumatra trennt. Und am folgenden Morgen um vier Uhr früh legte das Schiff in Singapur an, um Kohle zu laden. Die *Rangoon* hatte auf dieser Fahrt einen halben Tag Vorsprung gewonnen, was Phileas Fogg in der Gewinnspalte seines Reisetagebuchs vermerkte. Diesmal verließ er sogar das Schiff, um Frau Aouda zu begleiten, die den Wunsch geäußert hatte, einige Stunden an Land zu verbringen.

Fix, der allem misstraute, was Herr Fogg unternahm,

folgte ihnen heimlich. Passepartout lachte ihn ebenso heimlich aus und machte sich auf den Weg, um seine üblichen Einkäufe zu tätigen.

Die Insel Singapur ist weder groß noch imposant, aber sehr hübsch. Sie erinnert an einen von schönen Wegen durchzogenen Park. Eine von eleganten Rössern gezogene Equipage fuhr Frau Aouda und Herrn Fogg durch Palmenwälder und durch duftende Haine von Gewürznelken und Pfeffersträuchern. Nach zwei Stunden Spazierfahrt, in denen Herr Fogg nur wenig gesehen und nichts wahrgenommen hatte, kehrten sie in die Stadt zurück.

Um zehn Uhr gingen sie wieder an Bord, ohne zu wissen, dass ihnen der Inspektor, der wohl oder übel auch eine Kutsche hatte mieten müssen, die ganze Zeit gefolgt war.

Um elf Uhr hatte die *Rangoon* ihre Kohle geladen und einige Stunden darauf war die Malaienhalbinsel, in deren Urwäldern die schönsten Tiger der Welt leben, den Blicken der Passagiere entschwunden. Ungefähr dreizehnhundert Meilen trennen Singapur von der Insel Hongkong, diesem kleinen britischen Territorium vor der Küste Chinas. Diese Strecke musste in sechs Tagen zurückgelegt werden, wenn Phileas Fogg in Hongkong das Schiff erreichen wollte, das am 6. November nach Yokohama, einem der bedeutendsten Häfen Japans, ablegte.

Die *Rangoon* war schwer beladen. In Singapur waren viele Passagiere an Bord gekommen. Hindus, Ceylonesen, Chinesen, Malaysier und Portugiesen, von denen die meisten im Zwischendeck reisten. Das Wetter änderte sich. Es wurde stürmisch. Der Wind blies allerdings aus

Südwest, sodass der Kapitän die Toppsegel und das Focksegel des Zweimasters setzen ließ, was die Geschwindigkeit des Schiffes zunächst beschleunigte.

Doch die Schiffe der Ostindischen Handelskompanie, die das Chinesische Meer befahren, haben einen Konstruktionsfehler, der sie bei Überbeladung, wie es hier der Fall war, »absaufen« lässt, um es seemännisch auszudrücken. Das heißt, letztlich lag das Schiff viel zu tief im Wasser, konnte bei schwerer See keiner Sturzwelle standhalten und wurde immer langsamer. Dieser Zeitverlust schien Phileas Fogg nicht zu beunruhigen, wohingegen Passepartout ganz aus dem Häuschen geriet und den Kapitän, die Heizer und die ganze Ostindische Handelskompanie verwünschte.

»Aber haben Sie es denn so eilig, nach Hongkong zu kommen?«, fragte ihn eines Tages der Inspektor.

»Sehr eilig«, sagte Passepartout.

»Herr Fogg möchte also unbedingt nach Yokohama?«

»Unbedingt.«

»Glauben Sie denn jetzt an diese seltsame Reise um die Welt?«

»Absolut. Und Sie, Herr Fix?«

»Ich nicht.«

»Spaßvogel«, sagte Passepartout und zwinkerte ihm zu.

Das gab dem Inspektor zu denken. Hatte der Franzose ihn durchschaut? Und wenn ja, wieso? Auf alle Fälle musste er Hintergedanken hegen.

Und weil Passepartout seine Zunge nicht hüten konnte, ging er eines Tages sogar so weit, Herrn Fix zu fragen, ob man sich in Hongkong denn tatsächlich und endgültig würde trennen müssen? Ja … nun …, er wisse nicht genau, vielleicht … stotterte Fix.

»Ach«, sagte Passepartout. »Ich würde mich doch so freuen, wenn Sie uns auch weiterhin begleiten. Ein Vertreter der Ostindischen Handelskompanie, der sich nirgendwo aufhalten darf! Sie wollten bloß bis Bombay und jetzt sind Sie schon bald in China. Amerika ist nicht mehr weit und von dort bis nach Europa ist es ja nur noch ein Katzensprung!«

Fix sah sein freundlich lächelndes Gegenüber aufmerksam an und entschied sich, mit ihm zu lachen. Passepartout, der nicht mehr einzubremsen war, fragte nun: »Was Sie da machen, bringt doch bestimmt eine ganze Menge ein, oder?«

»Ja und nein«, antwortete Fix, ohne eine Miene zu verziehen. »Manche Geschäfte laufen gut, andere schlecht. Ich reise natürlich nicht auf eigene Kosten.«

»Dessen bin ich mir sicher!«, lachte Passepartout noch fröhlicher.

Fix ging in seine Kabine zurück und dachte nach. Offenbar hatte der Franzose etwas gemerkt und ihn enttarnt. Aber hatte er seinen Herrn gewarnt? Welche Rolle spielte er bei der ganzen Sache? War er Phileas Foggs Komplize? Schließlich nahm Fix sich vor, mit Passepartout zu reden. Wenn es ihm nicht gelänge, Fogg in Hongkong zu verhaften, und dieser Anstalten machen würde, das letzte englische Hoheitsgebiet zu verlassen, dann würde er, Fix, sich in aller Offenheit an Passepartout wenden. Ob er nun der Komplize seines Herrn oder völlig ahnungslos war, in jedem Fall hätte er sicher ein Interesse daran, sich von ihm loszusagen.

So stand es um diese beiden Männer, über denen Phileas Fogg völlig ungerührt schwebte und ungeachtet sämtlicher anderer Gestirne sich wie geplant um die Erde bewegte. Und trotzdem – um bei diesem Bild zu bleiben – gab es während dieser Reise einen Stern, der die Umlaufbahn seines Herzens hätte stören können. Hätte. Denn die Störungen der Umlaufbahn des Uranus, die zur Entdeckung des Neptun geführt hatten, schienen leichter berechenbar zu sein als dieses Herz. Und angesichts der Dankbarkeit, die Frau Aouda seinem Herrn entgegenbrachte, wunderte sich Passepartout täglich aufs Neue darüber. Herr Fogg, so viel stand für den Franzosen fest, hatte sicherlich das Zeug zum Helden. Das Zeug zum Liebhaber hatte er nicht.

5

Während der letzten Tage dieser Überfahrt wurde das Wetter zusehends schlechter und am 3. November kam es zu einem regelrechten Sturm. Alle Segel wurden festgemacht, die Maschinen gedrosselt. Natürlich verringerte sich dadurch die Reisegeschwindigkeit, und man musste davon ausgehen, dass das Schiff mit einer Verspätung von mindestens zwanzig Stunden in Hongkong eintreffen würde.

Phileas Fogg betrachtete dieses Schauspiel einer aufgewühlten See, die sich gegen ihn verschworen zu haben schien, mit der gewohnten Gelassenheit. Der Sturm gehörte anscheinend zu seinem Programm und Frau Aouda, die sich besorgt mit ihm darüber unterhielt, nahm keinerlei Veränderung gegenüber seinem sonstigen Verhalten wahr.

Fix hingegen sah das anders. Das Wetter begeisterte ihn. Jede Verspätung würde Herrn Fogg nötigen, länger in Hongkong zu bleiben. Der Himmel war ihm gnädig und so ertrug er seine üble Seekrankheit mit Fassung.

Was Passepartout betraf, so kann man sich vorstellen, dass er vor Wut fast platzte. Bisher war alles gut gegangen, die Elemente waren seinem Herrn gewogen gewesen. Sollte sich das Blatt jetzt wenden? Die zwanzigtausend Pfund, die auf dem Spiel standen, vergällten ihm das Leben so sehr, als ob es sein eigenes Geld gewesen wäre. Nichts hielt ihn in seiner Kabine. Er war ständig an Deck, kletterte in den Masten herum, verblüffte die Mannschaft und setzte sich überall mit affenartiger Geschicklichkeit ein. Hundert Mal fragte er den Kapitän, die Offiziere, die Matrosen, die sich alle über diesen völlig außer sich geratenen Menschen amüsierten, wie lange der Sturm denn noch anhalten würde. Man riet ihm, das Barometer zu befragen, das aber nicht steigen wollte, so sehr Passepartout es auch schüttelte und beschimpfte.

Der Sturm legte sich im Verlauf des 4. November, aber erst am 6., um fünf Uhr morgens, kam Land in Sicht. Planmäßig hätte das Schiff am 5. eintreffen sollen, sodass man jetzt vierundzwanzig Stunden Verspätung hatte und der Dampfer nach Yokohama sicherlich versäumt worden war.

Um sechs Uhr kam der Lotse an Bord, um die *Rangoon* in den Hafen zu manövrieren. Passepartout hätte liebend gerne gefragt, ob das Schiff nach Yokohama schon ausgelaufen sei. Aber er traute sich nicht, weil er sich noch bis zum letzten Moment einen Funken Hoffnung bewahren wollte. Er hatte sich Fix anvertraut, und dieser schlaue Fuchs tröstete ihn mit der Bemerkung, Herr Fogg könne ja das nächste Schiff nehmen. Passepartout lief vor Wut rot an.

Herr Fogg hingegen, nachdem er seinen *Bradshaw* konsultiert hatte, wandte sich an den Lotsen und fragte ihn, ob er wisse, wann der nächste Dampfer von Hongkong nach Yokohama fahre.

»Morgen früh, mit Einsetzen der Flut«, lautete die Antwort.

»Aha«, sagte Herr Fogg.

Passepartout hätte den Lotsen am liebsten umarmt, Herr Fix hätte ihm gern den Hals umgedreht.

»Wie heißt der Dampfer?«, fragte Herr Fogg.

»Es ist die *Carnatic*«, sagte der Lotse.

»Aber die sollte doch gestern schon auslaufen.«

»Richtig. Aber einer ihrer Dampfkessel musste repariert werden. Deshalb fährt sie erst morgen.«

»Ich danke Ihnen«, sagte Herr Fogg und begab sich zurück in den Salon.

Um ein Uhr hatte der Lotse die *Rangoon* durch die schmale Hafeneinfahrt, vorbei an einer Flotte aus Dschunken, Fischerbooten und allen möglichen schwimmenden Gefährten, sicher zur Anlegestelle gelotst.

Der Zufall war Herrn Fogg zu Hilfe gekommen, das müssen wir eingestehen. Ohne die Reparatur des Dampfkessels wäre die *Carnatic* am 5. November in See gestochen und die Reisenden nach Japan hätten eine Woche auf das nächste Schiff warten müssen. Zwar hatte Herr Fogg jetzt immer noch vierundzwanzig Stunden Verspätung, aber das war nicht so schlimm, weil das Schiff, das von Yokohama nach San Francisco fuhr, auf den Anschluss aus Hongkong warten musste und vor Eintreffen der Passagiere von der *Carnatic* nicht ablegen durfte. Während der planmäßigen Fahrt von zweiundzwanzig Tagen auf dem Pazifischen Ozean sollte sich diese Verspätung leicht einholen lassen.

Bis zur Abreise blieben noch sechzehn Stunden, in

denen sich Herr Fogg um seine Angelegenheiten oder, besser gesagt, um die von Frau Aouda kümmern konnte. Sie verließen das Schiff, Herr Fogg geleitete sie zu einer Sänfte und fragte nach einem Hotel.

Die Träger hoben die Sänfte an, in der Frau Aouda Platz genommen hatte, Passepartout lief hinterher und nach etwa zwanzig Minuten gelangten sie zum Klubhotel. Herr Fogg besorgte ein Zimmer für Frau Aouda und achtete persönlich darauf, dass es ihr an nichts fehle. Passepartout erhielt die Anweisung, sich in ihrer Nähe aufzuhalten, während Herr Fogg sich auf den Weg machte, ihren Verwandten ausfindig zu machen.

Er ging zur Börse, was sich als richtige Entscheidung erwies, weil man ihm dort sogleich die Auskunft geben konnte, dass der besagte Herr nicht mehr in Hongkong lebe, sondern vor zwei Jahren, nachdem er sein Vermögen gemacht hatte, nach Europa und dort vermutlich nach Holland ausgewandert sei.

Phileas Fogg ging zum Hotel zurück. Er ließ sich bei Frau Aouda melden und überbrachte ihr ohne Umschweife die Nachricht.

Frau Aouda sagte zunächst nichts. Dann fuhr sie sich mit der Hand über die Stirn und fragte schließlich mit ihrer süßen Stimme: »Und was soll ich jetzt tun, Herr Fogg?«

»Sie kommen mit nach Europa.«

»Aber ich kann doch Ihre Güte nicht über Gebühr …«

»Davon kann überhaupt keine Rede sein und meine Pläne stören Sie nicht im Geringsten. Passepartout …?«

»Gnädiger Herr?«

»Gehen Sie zur *Carnatic* und buchen Sie drei Kabinen.«

Hongkong ist eine Insel, die 1842 im Friedensvertrag von Nanking an England fiel. Innerhalb weniger Jahre machte das organisatorische Genie der Kolonialmacht Großbritannien aus dem ehemaligen Fischerdorf einen der wichtigsten Handelsplätze Asiens. Ladedocks, Krankenhäuser, Lagerhäuser, eine gotische Kathedrale, ein »government house«, gepflasterte Straßen – alles erweckte den Eindruck, als sei eine der Handelsstädte der Grafschaften Kent oder Surrey nach China verpflanzt worden.

Passepartout, die Hände in den Hosentaschen vergraben, machte sich auf den Weg zum Viktoriahafen und betrachtete die Sänften, die damals noch beliebten Segeltuchkarren und all die Menschen aus China, Japan und Europa, die durch die Straßen drängten. Hongkong erinnerte an Bombay, Kalkutta oder Singapur und gehörte zu den vielen britisch geprägten Städten, die auf der ganzen Welt zu finden sind.

Als er zum Hafen kam, fielen ihm neben einer Vielzahl von Schiffen aus allen Ländern auch Blumenboote auf, die wie schwimmende Gärten aussahen. Und dann gab es ganz in Gelb gekleidete Männer. Ein chinesischer Barbier, von dem er sich rasieren ließ, erklärte ihm, dass Männer ab dem Alter von achtzig Jahren das Privileg hätten, die Farbe Gelb zu tragen, die sonst dem Kaiser vorbehalten war. Passepartout, ohne zu wissen warum, fand das furchtbar lustig.

Am Kai angekommen fand er dann außer der *Carnatic*

auch Herrn Fix vor, der mit enttäuschtem Gesichtsausdruck auf und ab promenierte.

»Nun gut«, sagte sich Passepartout, während er den Inspektor strahlend begrüßte, »die Herren vom Reform-Klub werden sich noch wundern!«

Fix verfluchte sein Pech. Und er hatte auch allen Grund dazu, denn der Haftbefehl war immer noch nicht eingetroffen.

»Sieh da, Herr Fix«, lächelte Passepartout, »wollen Sie mit uns nach Amerika fahren?«

»Ja«, presste Fix zwischen den Zähnen hervor.

Im Büro für Schiffsreisen, wo sie ihre Kabinen buchten, teilte man ihnen mit, dass die Reparaturen am Dampfkessel des Schiffes bereits beendet seien und die *Carnatic* schon am gleichen Abend und nicht erst am folgenden Morgen in See stechen würde. Passepartout wollte diese erfreuliche Nachricht sogleich seinem Herrn überbringen.

In diesem Moment fasste Fix einen verzweifelten Entschluss. Er würde Passepartout alles erzählen. Vielleicht war das die einzige Möglichkeit, Herrn Fogg in Hongkong zurückzuhalten. Er lud den Franzosen auf einen Drink ein. Nachdem er genügend Zeit hatte, nahm Passepartout die Einladung gern an.

Gleich am Kai fanden sie eine Taverne und traten ein. Am Ende eines großen, hübsch ausgestatteten Saales stand eine Art großes Feldbett mit vielen Kissen, auf dem einige Leute schliefen. Ungefähr dreißig Gäste saßen an kleinen Tischen aus Peddigrohr. Manche tranken englisches Bier, andere Gin oder Whisky. Die meisten jedoch rauchten lange rote Tonpfeifen, die mit Opiumkügelchen gefüllt waren. Hin und wieder sank einer unter den Tisch, dann kamen die Angestellten, packten ihn an Armen und Beinen und trugen ihn zu dem Bett, auf dem ungefähr zwanzig Gestalten im letzten Stadium der Dumpfheit lagen.

Fix und Passepartout begriffen, dass sie in eine jener Tabagien geraten waren – das war ursprünglich ein Wirtshaus, in dem Tabak geraucht werden durfte –, in denen die unglücklichen, abgestumpften, abgemagerten und schon fast verblödeten Gestalten herumgeisterten, denen der englische Geschäftssinn jährlich für zweihundertsechzig Millionen Francs die unheilvolle Droge Opium verkauft.

Die chinesische Regierung hatte immer wieder versucht, den Opiumgenuss und vor allem den Opiumschmuggel durch drakonische Strafen einzudämmen. Aber es war vergeblich. Früher war der Genuss den Wohlhabenden vorbehalten, inzwischen wird im Reich der Mitte überall und in allen Schichten Opium geraucht, dessen verheerende Wirkung gar nicht abzuschätzen ist.

Und ausgerechnet hier fanden sich Fix und Passepartout ein, um gemeinsam etwas zu trinken. Sie bestellten zwei Flaschen Portwein, dem Passepartout tüchtig zusprach, während Fix sich zurückhielt und ihn beobachtete. Man sprach über dieses und jenes, und als die Flaschen geleert waren, stand der Franzose auf, um zu seinem Herrn zu gehen. Fix hielt ihn zurück:

»Einen Augenblick. Ich muss noch etwas mit Ihnen besprechen.«

»Reden wir morgen darüber, heute habe ich keine Zeit mehr.«

»Bleiben Sie«, sagte Fix. »Es geht um Ihren Herrn.«

Passepartout setzte sich wieder und blickte sein Gegenüber aufmerksam an. Fix legte ihm vertraulich die Hand auf den Arm und fragte leise: »Sie haben erraten, wer ich bin?«

»Allerdings«, lächelte Passepartout.

»Ich werde Ihnen alles erzählen …«

»Jetzt, wo ich sowieso schon alles weiß? Wenn Sie wollen … Aber lassen Sie sich gesagt sein, dass die Gentlemen sich völlig unnötig in Kosten gestürzt haben!«

»Unnötig!«, staunte Herr Fix. »Sie scheinen die Höhe der Summe nicht zu kennen.«

»Selbstverständlich. Zwanzigtausend Pfund!«

Der Inspektor ergriff Passepartouts Hand. »Fünfundfünfzigtausend Pfund«, sagte er.

»Was!«, schrie Passepartout. »Herr Fogg hat …! Fünfundfünfzigtausend Pfund! Dann muss ich jetzt erst recht zu ihm.« Damit stand er auf und wollte rasch gehen.

Doch Fix, der inzwischen eine Flasche Whisky bestellt hatte, hielt ihn noch einmal zurück.

»So ist es«, sagte er. »Und wenn ich Erfolg habe, erhalte ich eine Prämie von zweitausend Pfund. Wenn Sie mir helfen, zahle ich Ihnen fünfhundert.«

»Ich Ihnen helfen?«, rief Passepartout.

»Ja. Helfen Sie mir dabei, ihn einige Tage in Hongkong festzuhalten.«

»Haben denn die Gentlemen nicht genug damit, Herrn Fogg bespitzeln zu lassen?«, empörte sich Passepartout.

»Müssen sie ihm jetzt auch noch Steine in den Weg legen? Ich schäme mich für sie!«

»Was wollen Sie damit sagen?«, fragte Fix.

»Was für eine Gemeinheit! Herrn Fogg auf diese Weise um sein Geld zu bringen!«

»Das wollen wir doch hoffen!«, meinte Fix munter.

»Aber das ist ein Hinterhalt!«, schrie Passepartout, der sich unter dem Einfluss des Whiskys, den Fix ihm einschenkte und den er achtlos hinunterschüttete, immer mehr ereiferte. »Ein richtiger Hinterhalt! Und das von seinen Kollegen aus einem Gentlemanklub!«

Fix verstand rein gar nichts mehr.

»Seine Kollegen aus dem Reform-Klub«, rief Passepartout. »Glauben Sie mir, Herr Fix, mein Herr ist ein ehrlicher Mann, und wenn er eine Wette eingeht, so will er sie auch ehrlich gewinnen.«

»Und für wen halten Sie dann mich?«

»Für einen, den diese ehrenwerten Herren angeheuert haben, um hinter Herrn Fogg herzuschnüffeln. Aber ich habe es gleich geahnt und ihm Gott sei Dank nichts davon erzählt.«

»Er weiß also nichts?«, fragte Fix schnell.

»Nichts«, bestätigte Passepartout und kippte noch ein Glas.

Fix strich sich mit der Hand übers Kinn und dachte nach. Offenbar wusste Passepartout wirklich nichts und war auch nicht der Komplize seines Herrn, aber das machte seine eigene Situation nur noch schwieriger. Wie dem auch sei, er jedenfalls musste Fogg um jeden Preis in Hongkong festhalten.

»Hören Sie«, sagte er, »und hören Sie mir bitte gut zu. Ich bin nicht der, für den Sie mich halten. Das heißt, ich wurde nicht von den Herren des Reform-Klubs beauftragt, Herrn Fogg zu überwachen.«

»Ach ja?«, sagte Passepartout und musterte ihn verächtlich.

»Nein. Ich bin Kriminalinspektor und im Auftrag der Londoner Polizei unterwegs«, erklärte Fix.

»Kriminalinspektor …?«

»Ja. Und ich kann es beweisen.« Er zeigte ihm einen Ausweis mit dem Siegel des Polizeipräsidenten von London.

»Die Wette des Herrn Fogg ist nichts weiter als ein Vorwand, um Sie irrezuführen. Sie und die Herren Klubkollegen.« Dann erzählte er Passepartout von dem Bankraub. Und von der Personenbeschreibung, die Punkt für Punkt auf Herrn Fogg zutraf.

»Aber er ist der ehrlichste Mensch auf der Welt!«, rief Passepartout.

»Und woher wollen Sie das wissen?«, fragte Fix. »Sie kennen ihn doch überhaupt nicht. Sie sind doch erst am Tag der überhasteten Abreise, drei Tage nach dem Bankraub, in seine Dienste getreten.«

»Jaja«, murmelte der arme Kerl.

»Wollen Sie denn als sein Komplize verhaftet werden?«

Passepartout hatte den Kopf in die Hände gestützt. Er wagte nicht, den Inspektor anzusehen. Herr Fogg, der Retter von Frau Aouda, dieser großzügige und tapfere Mann, ein Dieb! Er versuchte, sich des Misstrauens zu erwehren, das sich in seinen Gedanken einzunisten begann. Er wollte seinen Herrn nicht für schuldig halten.

»Also, was wünschen Sie von mir?«, fragte er den Inspektor mit größter Anstrengung.

»Ich habe Herrn Fogg bis hierher verfolgt, aber ich warte noch immer auf den Haftbefehl aus London. Sie müssten mir also helfen, ihn hier in Hongkong festzuhalten. Und ich teile die Prämie mit Ihnen.«

»Niemals!«, sagte Passepartout, der versuchte, sich zu erheben und gleich wieder zurückfiel. »Herr Fix«, lallte er, »selbst wenn das, was Sie mir da erzählen, wahr sein sollte … Ich bin … Ich könnte … Ich stehe in seinen Diensten und … er war immer gut zu mir. Und großzügig. Ich verrate ihn niemals. Nein. Um kein Gold der Welt … Da wo ich herkomme … da tut man so etwas nicht.«

»Sie weigern sich also?«

»Ich weigere mich.«

»Dann tun wir so, als ob ich nichts gesagt hätte, und trinken noch einen.«

»Gut. Trinken wir noch einen.«

Fix, der Passepartout um jeden Preis von seinem Herrn fernhalten musste, wollte ihn vollends betrunken machen. Er drückte ihm eine Opiumpfeife in die Hand. Passepartout zündete sie an, nahm einige Züge und sank in seinen Stuhl zurück.

»Na endlich«, sagte Fix. »Jetzt wird ein gewisser Fogg nichts von der früheren Abfahrt der *Carnatic* erfahren.« Er zahlte die Zeche, stand auf und ging.

Während dieser Ereignisse, die ihm vielleicht wirklich gefährlich werden konnten, promenierte Herr Fogg, Frau Aouda am Arm, durch die Straßen des englischen Viertels. Seit die junge Frau sein Angebot akzeptiert hatte, sie nach Europa zu bringen, hatte er sich darüber Gedanken machen müssen, was das für die Dauer der Überfahrt bedeutete. Wenn ein Engländer wie er mit einer kleinen Reisetasche auskam, konnte das einer Frau wohl kaum zugemutet werden. Also galt es, die notwendigen Dinge einzukaufen, und er widmete sich dieser Aufgabe mit der ihm eigenen Ruhe und Besonnenheit. Den Einwendungen Frau Aoudas hielt er entgegen, all dies liege im Interesse seiner Reise und gehöre zu seinem Programm. Nach den Einkäufen kehrten sie ins Hotel zurück und speisten zu Abend. Anschließend zog Frau Aouda sich auf ihr Zimmer zurück und Herr Fogg vertiefte sich in seine Zeitungslektüre.

Zur Schlafenszeit war Passepartout noch nicht zurück. Da Herr Fogg wusste, dass die Abfahrt des Schiffes nach Yokohama auf den nächsten Vormittag verlegt worden war, wunderte er sich nicht über Gebühr darüber. Als er am nächsten Morgen nach ihm läutete, erschien Passepartout nicht.

Herr Fogg, dessen Gedanken niemand hätte erraten können, begnügte sich damit, seine Reisetasche zu nehmen, Frau Aouda informieren zu lassen und eine Sänfte zu besorgen.

Es war acht Uhr, es war Flut, und die *Carnatic* sollte um halb zehn ablegen. Die Sänfte kam, Herr Fogg und Frau Aouda stiegen ein, während ihr Gepäck in einem Schubkarren hinterhergebracht wurde.

Nach einer halben Stunde waren sie am Kai, und dort erfuhr Herr Fogg, dass der Dampfer bereits am Abend vorher ausgelaufen war. Er hatte damit gerechnet, sowohl das Schiff wie auch seinen Diener vorzufinden und sah sich nun gezwungen, auf beide zu verzichten. Doch wie immer war ihm nichts anzumerken und auf besorgte Fragen von Frau Aouda meinte er:

»Ein Zwischenfall, Madame. Weiter nichts.«

In diesem Augenblick näherte sich ihnen eine Gestalt, die sich als Inspektor Fix entpuppte. Er grüßte und fragte: »Mein Herr, waren nicht auch Sie Passagier auf der *Rangoon*, die gestern hier ankam?«

»Das ist richtig«, entgegnete Herr Fogg kühl. »Allerdings erinnere ich mich nicht …«

»Entschuldigen Sie. Aber ich dachte, ich würde Ihren Diener hier antreffen.«

»Wissen Sie, wo er ist?«, fragte die junge Frau aufgeregt.

»Wie?«, tat Fix völlig erstaunt. »Ist er denn nicht bei Ihnen?«

»Nein«, sagte Frau Aouda. »Seit gestern ist er verschwunden. Ob er vielleicht ohne uns an Bord der *Carnatic* gegangen ist?«

»Ohne Sie, Madame …? Wollten Sie denn mit diesem Schiff fahren?«

»Ja.«

»Ich auch. Aber es ist früher abgefahren und kein Mensch wusste Bescheid. Und jetzt müssen wir acht Tage warten!« Bei diesen Worten hüpfte Fix das Herz vor Freude.

Und dann traf ihn fast der Schlag, als er Herrn Fogg sagen hörte: »Es wird wohl in Hongkong noch andere

Schiffe geben.« Damit bot er Frau Aouda seinen Arm und begab sich, auf der Suche nach einem zur Abfahrt bereiten Schiff, zu den Docks. Fix folgte den beiden wie ein Schatten.

Doch das Glück, das ihm bisher so hold gewesen war, schien Phileas Fogg verlassen zu haben. Drei Stunden lang suchte er im ganzen Hafen nach einem Schiff, notfalls hätte er sogar eines gemietet, das ihn nach Yokohama bringen würde. Aber es gab nur Schiffe, die gerade be- oder entladen wurden. Fix schöpfte wieder Hoffnung.

Herr Fogg suchte unerschütterlich weiter, als er von einem Seemann angesprochen wurde. »Suchen Sie ein Schiff, gnädiger Herr?«

»Haben Sie eines, das sofort abfahren kann?«

»Ja. Ein Lotsenboot. Das beste auf der Reede. Möchten Sie es sehen?«

»Ja.«

»Sie werden zufrieden sein. Möchten Sie einen Ausflug machen?«

»Nein. Eine Reise nach Yokohama. Ich habe gestern den Dampfer versäumt.«

»Tut mir leid, aber das ist unmöglich.«

Herr Fogg bot dem Mann hundert Pfund am Tag und eine zusätzliche Prämie von zweihundert Pfund, wenn er in Yokohama rechtzeitig sein Schiff nach San Francisco erreichen würde.

Der Lotse blickte aufs Meer, drehte seine Mütze in der Hand und dachte nach.

»Nun, Lotse?«, fragte Herr Fogg.

»Es geht nicht, gnädiger Herr. Ich kann das Risiko

weder für meine Männer noch für mich oder für Sie eingehen. Außerdem kämen wir nie rechtzeitig an, dieses Schiff hat nicht mehr als zwanzig Tonnen, und von Hongkong nach Yokohama sind es sechzehnhundertfünfzig Meilen.«

»Sechzehnhundert«, sagte Herr Fogg.

»Das bleibt sich gleich.«

Fix atmete tief durch.

»Aber«, meinte der Lotse dann. »Vielleicht gibt es eine andere Möglichkeit.«

Fix hielt die Luft an.

»Und welche?«

»Entweder in Südjapan, in Nagasaki, elfhundert Meilen oder in Shanghai, das sind nur achthundert Meilen. Und das hätte den Vorteil, dass man sich nicht zu weit von der chinesischen Küste entfernt.«

»Lotse«, entgegnete Phileas Fogg. »Ich muss in Yokohama das Schiff nach San Francisco erreichen. Und nicht in Nagasaki oder Shanghai.«

»Aber wieso denn? Es legt in Yokohama und Nagasaki an, aber sein Ausgangshafen ist Shanghai.«

»Sind Sie sicher?«

»Absolut.«

»Und wann?«

»Am 11., um sieben Uhr abends. Also in vier Tagen. Wenn der Wind aus Südost weht und das Meer ruhig ist, dann können wir es schaffen.«

»Wann können Sie losfahren?«

»In einer Stunde. Proviant an Bord und startklar.«

»Gut. Sind Sie der Eigentümer?«

»Ja. John Bunsby, Kapitän der *Tankadère*.«

»Möchten Sie eine Anzahlung?«

»Wenn es Ihnen nichts ausmacht.«

Herr Fogg lud Herrn Fix ein, sich anzuschließen. Frau Aouda, die ihm versichert hatte, sich an seiner Seite vor gar nichts zu fürchten, sorgte sich jedoch um Passepartout. Die beiden gingen zur Polizei, hinterließen eine Beschreibung des Vermissten und eine beachtliche Summe, damit er in die Heimat zurückkehren könne. Das Gleiche taten sie im französischen Konsulat.

Die *Tankadère* war ein blitzblanker Schoner, der fast an eine Yacht erinnerte und bei Segelregatten bereits einige Preise gewonnen hatte. Ihre Mannschaft bestand aus John Bunsby und vier weiteren Männern. Sie alle gehörten zu jenen kühnen Seeleuten, die auf dem Wasser zu Hause sind und keine Mühe scheuen, in Not geratenen Schiffen zu Hilfe zu eilen. Der Kapitän war ein Mann, der Vertrauen einflößte.

Um drei Uhr gingen Herr Fogg und Frau Aouda an Bord. Fix war schon da. Sie stiegen in die Kajüte hinunter, die aus einem kleinen, viereckigen Raum bestand, an dessen Wänden sich ein Diwan entlangzog. In der Mitte stand ein kleiner Tisch. Herr Fogg entschuldigte sich beim Inspektor, ihm nichts Besseres bieten zu können, was dieser, ein wenig peinlich berührt, mit einer Verbeugung quittierte. Er ist zwar sehr höflich, dachte er. Aber Gauner bleibt Gauner.

Als das Schiff ablegte, standen alle an Deck. Doch Frau Aoudas Hoffnung und Herrn Fix' Befürchtung, Passepartout möge doch noch auftauchen, erfüllte sich nicht.

Zu dieser Jahreszeit und in dieser Nussschale bedeutete eine Seereise von achthundert Meilen ein ziemlich riskantes Abenteuer. Das Chinesische Meer ist unberechenbar und tückisch, und das besonders während der Tagundnachtgleiche, der Zeit, in der an allen Orten der Welt Tag und Nacht gleich lang sind.

Natürlich hätte John Bunsby mehr verdient, wenn er Phileas Fogg nach Yokohama gebracht hätte. Doch seine Klugheit und Umsicht hatten ihn gerade noch die tollkühne Fahrt nach Shanghai wagen lassen. Er hatte Vertrauen in seine *Tankadère*, die wie eine Möwe auf den Wellen tanzte.

Als sie das offene Meer erreichten, sagte Phileas Fogg zu ihm: »Ich brauche Ihnen, bei aller Sorgfalt, wohl nicht die höchste Geschwindigkeit zu empfehlen.« Der Kapitän erklärte ihm, dass er alle Segel setzen, aber nicht rudern würde, weil dies nichts nutze.

»Es ist Ihr Metier, Lotse«, entgegnete Herr Fogg. »Nicht meins. Ich vertraue Ihnen.« Kerzengerade stand er da und blickte auf die unruhige See. Die junge Frau saß auf dem Achterdeck, schaute ins Wasser und sann vor sich hin, während die Nacht hereinbrach und der Schoner fast zu fliegen schien.

Der Lotse hatte die Positionslichter sorgfältig gesetzt, weil es in diesen viel befahrenen Gewässern häufig zu Zusammenstößen kam.

Fix hielt sich abseits und schwieg. Er dachte an die Zukunft. Phileas Fogg würde nicht in Yokohama bleiben, sondern sofort nach San Francisco weiterreisen, da war er sich sicher. Denn er war ja kein gewöhnlicher Dieb, der den direkten Weg von England nach Amerika gewählt hätte. Nein, er fuhr um die halbe Welt, um seine Spur zu verwischen und dann in Ruhe das geraubte Geld ausgeben zu können. Aber was würde er, Fix, in den Vereinigten Staaten machen? Sollte er die Verfolgung aufgeben? Keinesfalls! Er würde ihm solange auf den Fersen bleiben, bis er einen Auslieferungsbefehl hatte. Und zum Glück war Passepartout ja nicht mehr bei seinem Herrn.

Auch der Gentleman dachte an seinen Diener und fragte sich, ob sich der arme Kerl nicht aufgrund eines Missverständnisses in letzter Minute auf der *Carnatic* eingeschifft haben könnte. Frau Aouda, die den treuen Passepartout sehr vermisste, war der gleichen Ansicht. Also würde man ihn vielleicht in Yokohama wiederfinden.

Um zehn Uhr frischte die Brise ein wenig auf, doch der Kapitän ließ die Segel gehisst. Um Mitternacht begaben sich Herr Fogg und die junge Frau in die Kajüte, wo Fix sich bereits niedergelegt hatte. Die Besatzung blieb die ganze Nacht an Deck.

Am nächsten Morgen, es war der 8. November, hatte der Schoner bei Sonnenaufgang hundert Meilen hinter sich gebracht. Wenn der Wind sich nicht drehte, dann standen die Chancen gut, dass das Unternehmen gelingen könnte. Den ganzen Tag segelte die *Tankadère* nur wenige Meilen vor der Küste entlang, weil die Strömung dort günstiger war.

Herr Fogg und Frau Aouda waren recht seefest und aßen mit großem Appetit von den mitgebrachten Vorräten. Sie luden Fix ein, das Mahl mit ihnen zu teilen. Der wurde zunächst von Skrupeln geplagt, weil alles auf Herrn

Foggs Kosten ging, aber schließlich aß er doch. Und dann meinte er, Herrn Fogg auf die Seite nehmen zu müssen und ihn zu fragen, wie hoch denn sein Anteil an diesen Kosten wäre. Dabei fiel es ihm sehr schwer, dem Herrn nicht an die Gurgel zu gehen.

Er bewege sich im vorgesehenen Kostenrahmen, wies Herr Fogg dieses Ansinnen höflich zurück und duldete keinen Widerspruch. Fix verneigte sich und sagte den ganzen Tag kein Wort mehr.

Der Schoner schoss dahin, die Aussicht auf eine gute Prämie motivierte die Mannschaft, John Bunsby war zuversichtlich und erklärte Herrn Fogg mehrmals, dass man auf diese Weise Shanghai zur gewünschten Zeit erreichen werde. Davon würde er ausgehen, antwortete dieser. Am Abend waren sie bereits zweihundertzwanzig Meilen von Hongkong entfernt, und Phileas Fogg konnte hoffen, in Yokohama sein Schiff nach Amerika zu erreichen.

In den frühen Morgenstunden fuhr die *Tankadère* in die Straße von Formosa ein, jene Meerenge, die die Insel Formosa – heute sagen wir Taiwan – von China trennt, und überquerte den nördlichen Wendekreis. Der Schoner kämpfte gegen schwere Gegenströmungen an. Das Barometer begann zu fallen und der Wind wurde stärker. Der Lotse betrachtete eine Weile den Himmel und begab sich dann zu seinem Passagier.

»Kann man mit Ihnen reden, gnädiger Herr?«

»Über alles«, sagte Phileas Fogg.

»Nun gut. Wir werden ein bisschen Wind bekommen.«

»Von Norden oder Süden?«

»Von Süden. Sehen Sie, da baut sich ein Taifun auf.«

»Er lebe hoch. Er wird uns vorwärts treiben.«

»Wenn Sie das so sehen, dann brauche ich nichts mehr zu sagen«, meinte der Kapitän und traf seine Vorkehrungen für das herannahende Unwetter. Er ließ die Segel festmachen, die Rahen einziehen, die Masten umlegen und die Luken schließen. Die Passagiere wurden gebeten, in die Kajüte hinunterzugehen. Doch dort war es ihnen zu stickig und so blieben sie an Deck.

Gegen acht fegten Sturmböen und Regen heran. Die *Tankadère* wurde wie eine Feder hochgehoben, und sie erreichte eine Geschwindigkeit, die jede Lokomotive vierfach hinter sich gelassen hätte. Den ganzen Tag über lief sie Richtung Norden, und nur dem Geschick des Lotsen war es zu verdanken, dass sie nicht an den haushohen Wellen zerschellte.

Fix fluchte zweifellos vor sich hin, doch die unerschrockene Aouda heftete ihre Augen auf Herrn Fogg, bewunderte seine Kaltblütigkeit und erwies sich ihres Begleiters würdig. Was diesen selbst betraf, so schien der Taifun zu seinem Programm zu gehören.

Wie der Lotse es befürchtet hatte, wurde der Sturm gegen Abend noch schlimmer. Er beriet sich mit seiner Mannschaft und kam dann zu Herrn Fogg:

»Ich fürchte, gnädiger Herr, dass wir einen Hafen anlaufen müssen.«

»Der Meinung bin ich auch«, sagte Herr Fogg. »Shanghai.«

Der Lotse brauchte einige Augenblicke, um diese Antwort und die in ihr steckende Unbeugsamkeit zu begreifen. Doch dann fand er, Phileas Fogg habe Recht und erteilte laut und begeistert den Befehl zur Weiterfahrt nach Shanghai.

Es wurde eine schreckliche Nacht und nur wie durch ein Wunder ging der kleine Schoner nicht unter. Herr Fogg musste sich mehrmals auf Frau Aouda stürzen, um sie vor der Wut der Wellen zu schützen. Der Sturm tobte auch am Morgen weiter, doch der Wind blies wieder aus Südost, und die *Tankadère* kam endlich wieder auf Kurs. Hin und wieder kam in einem Wellental die Küste in Sicht, doch außer dem Schoner war kein einziges Schiff auf dem Meer zu sehen. Gegen Mittag beruhigte sich die Situation ein wenig und die völlig erschöpften Passagiere konnten sich ausruhen und etwas essen.

Am folgenden Morgen, es war der 11. November, teilte ihnen John Bunsby mit, dass Shanghai noch hundert Meilen entfernt sei. Hundert Meilen, und an diesem Abend mussten sie dort sein! Denn an diesem Abend legte das Schiff nach Yokohama ab! Zu Mittag waren es noch fünfundvierzig Meilen.

Um sieben Uhr abends waren es noch drei Meilen, als ein langes Tuten und eine dicke schwarze Rauchfahne über dem Wasser davon kündeten, dass der Dampfer nach Yokohama den Shanghaier Hafen pünktlich verlassen hatte. Der Lotse fluchte furchtbar und riss verzweifelt das Steuer herum.

»Signale!«, sagte Phileas Fogg.

Am Vorderdeck befand sich eine kleine bronzene Kanone, mit der bei Nebel Leuchtsignale abgeschossen wurden. Als der Lotse sie mit glühender Kohle anfeuern wollte, sagte Herr Fogg: »Halbmast flaggen!« Das ist ein Notsignal und man konnte hoffen, dass das amerikanische Schiff darauf reagieren würde.

»Feuer!«, sagte Herr Fogg und der Schuss aus der kleinen bronzenen Kanone knallte in die Luft.

6

Am 7. November war die *Carnatic* abends um halb sieben von Hongkong ausgelaufen und fuhr jetzt volle Kraft voraus nach Japan. Bis auf zwei Kabinen waren alle belegt. Am folgenden Morgen entdeckte die Mannschaft auf dem Vorderschiff einen schlotternden Passagier mit stierem Blick, der aus dem Zwischendeck gestolpert kam und sich auf die Abdeckung einer Luke fallen ließ.

Es war Passepartout. Was hatte sich zugetragen?

Kurz nachdem Fix gegangen war, hatte man in der Tabagie am Hafen von Hongkong den tief schlafenden Burschen zu den anderen Schläfern auf das Feldbett gelegt. Doch Passepartout, den eine fixe Idee bis in seine Albträume hinein verfolgte, kam drei Stunden später wieder zu sich und kämpfte gegen seine Benommenheit an. Der Gedanke an eine unerfüllte Pflicht hatte ihn aufgeschreckt. Er taumelte hoch, fiel hin, stand wieder auf, tastete sich an den Wänden entlang, wankte nach draußen und rief, von seinem Instinkt getrieben, immer wieder wie in Trance das Wort »*Carnatic*!, *Carnatic*!«

Er erreichte das Schiff und taumelte in dem Moment an Bord, als die Taue losgemacht wurden. Einige Matrosen, für die dieser Anblick nichts Ungewöhnliches war, erbarmten sich seiner und brachten ihn in eine Kabine im Zwischendeck. Und als er am nächsten Morgen erwachte, war er bereits hundertfünfzig Meilen von China entfernt.

In vollen Zügen atmete er die frische Seeluft ein und versuchte, seine Gedanken zu sammeln, was ihm nur mit einiger Mühe gelang. Doch dann fiel ihm alles wieder ein. Sternhagelvoll war er gewesen! Was würde bloß Herr Fogg dazu sagen. Nun gut, aber er hatte das Schiff noch erwischt, und das war schließlich die Hauptsache. Und was Fix betraf, so hoffte er, ihn endgültig los zu sein. »Der wird sich ja wohl nicht trauen, uns auch noch auf die *Carnatic* zu folgen«, dachte er. »Ein Kriminalinspektor auf den Fersen meines Herrn, der ihn bezichtigt, die Bank von England beraubt zu haben! Du meine Güte! Herr Fogg ist genauso wenig ein Bankräuber wie ich ein Mörder bin!«

Er erhob sich. Die See war unruhig, der Dampfer schlingerte, und Passepartout war noch so wackelig auf den Beinen, dass er sich nur langsam zum Hinterschiff vorkämpfte. Dort fand er weder Herrn Fogg noch Frau Aouda an Deck. Sie wird um diese Zeit noch schlafen, dachte er sich, und Herr Fogg spielt vermutlich Whist. Also ging er in den Salon, um ihn dort zu suchen. Aber da war er nicht. Er wandte sich an den Purser und beschrieb die beiden. Der Purser bedauerte. Man habe überhaupt keine junge Dame an Bord, erklärte er und überreichte Passepartout die Passagierliste, damit er sich selber davon überzeugen könne.

Passepartout nahm die Liste. Der Name seines Herrn stand nicht darauf. Plötzlich schoss ihm ein Gedanke durch den Kopf.

»Ich bin doch auf der *Carnatic*, oder?«, rief er.

»Ja.«

»Auf dem Weg nach Yokohama?«

»Selbstverständlich.«

Passepartout ließ sich in einen Sessel fallen. Und dann ging ihm ein Licht auf. Das Schiff war ja früher abgefahren, er hätte seinem Herrn Bescheid sagen müssen, und das hatte er nicht getan! Es war seine Schuld, dass Herr Fogg und Frau Aouda den Dampfer versäumt hatten! Aber in erster Linie war es die Schuld dieses Verräters, der ihn betrunken gemacht hatte, um seinen Herrn in Hongkong zurückzuhalten. Und jetzt hatte Herr Fogg seine Wette verloren, war finanziell ruiniert und vielleicht sogar im Gefängnis. Wenn er jemals diesen Fix in die Hände bekäme …!

Er überwand seine Niedergeschlagenheit und dachte nach. Seine Situation war alles andere als rosig. Er war auf dem Weg nach Japan, doch wie käme er wieder zurück? Er hatte keinen Heller in der Tasche. Weil die Fahrt nach Yokohama im Voraus bezahlt worden war, konnte er sich allerdings in den nächsten Tagen wenigstens noch den Bauch vollschlagen. Und genau das tat er und aß für drei. Am 13. November fuhr die *Carnatic* in den Hafen von Yokohama ein.

Yokohama ist ein wichtiger Hafen, in dem sämtliche Post- und Passagierschiffe anlegen, die zwischen Nordamerika, China, Japan und Malaysia verkehren. Es liegt in der Bucht von Yedo, dem heutigen Tokio, der zweiten Hauptstadt Japans, in der früher die Schogune herrschten.

Ohne Begeisterung ging Passepartout an Land, ließ sich vom Zufall lenken und begab sich auf gut Glück in die Stadt. Zunächst kam er zum europäischen Teil, in dem es wie in Hongkong und Kalkutta von Amerikanern, Engländern, Chinesen und Holländern wimmelte, die alles kauften und verkauften, was man sich nur vorstellen konnte. Er kam sich hier ebenso fremd vor wie unter lauter Hottentotten. Natürlich hätte er sich an das englische oder französische Konsulat wenden können. Aber er wollte seine Geschichte und die seines Herrn nicht einfach wildfremden Leuten erzählen.

Passepartout durchwanderte den europäischen Teil, ohne dass ihm der Zufall irgendwie zu Hilfe gekommen wäre, und kam in das japanische Yokohama. Er sah wunderschöne Alleen aus Tannen und Zedern; geweihte, fremdartige Portale; Brücken inmitten von Bambus und Rosen; Tempel im melancholischen Schatten uralter Zedern; buddhistische Priester und Konfuzianer; endlose Straßen, auf denen sich rotwangige Kinder tummelten und ein unablässiger bunter Strom von Wagen, Sänften, Mönchen, Bettelmönchen, Beamten, Polizisten und Soldaten aller Waffengattungen, die in Japan ebenso geschätzt wie sie in China verachtet werden, hin und her wogte. Die Soldaten in blauer Uniform mit weißen Streifen waren Waffenträger des Mikado, wie der Kaiser früher hieß, der ja göttlicher Abstammung sein soll. Die Japaner, stellte Passepartout fest, sehen ganz anders aus als die Chinesen.

Er kam an reichhaltigen Märkten und eleganten Restaurants vorbei, und auch an Tabagien. Aber dort wurde

Tabak geraucht, weil Opium in ganz Japan so gut wie unbekannt ist.

Dann gelangte er vor die Stadt zu den Reisfeldern, zwischen denen Kamelien blühten und dufteten, die so groß wie Bäume waren. Hinter Bambuszäunen standen Kirschbäume, Pflaumenbäume, Apfelbäume, die aber nur dazu dienen, das Auge mit ihren Blüten zu erfreuen und keine Früchte tragen. Zahlreiche Affen tummelten sich in ihnen, die ihr Futter gegen noch zahlreichere Vögel aller Art verteidigten. Passepartout entdeckte Veilchen im Gras und dachte, sie zum Nachtmahl verspeisen zu können. Aber sie dufteten nicht, und er wandte sich enttäuscht ab.

Natürlich hatte er noch einmal sehr ausgiebig auf dem Schiff gefrühstückt, aber das war schon lange her. Ihm war aufgefallen, dass nirgendwo in einer Metzgerei das Fleisch von Schweinen, Schafen oder Ziegen angeboten wurde. Und da er wusste, dass auch Ochsen, diese wertvollen Zugtiere, nicht geschlachtet und gegessen wurden, vermutete er, dass die Japaner wenig Fleisch essen. Und damit hatte er Recht. Aber sein Magen wäre auch mit Wild oder Geflügel zufrieden gewesen. Oder mit Fisch, der in Japan neben dem Reis das Hauptnahrungsmittel ist. Spätestens morgen würde er sich darum kümmern müssen, etwas zu essen zu finden. Er ging wieder zur Reede zurück, wo im Schein der Pechfackeln die Fischer bei Nacht die Fische aus dem Wasser zogen.

Unterwegs sah er Straßenkünstler, die ihre Kunststücke zeigten, Astrologen, die mit ihren Ferngläsern die Menschen anlockten, und Patrouillen, die ihre Runden machten. Diese Offiziere in ihren prächtigen Uniformen erinnerten ihn an Botschafter. Und jedes Mal, wenn er einer solchen Patrouille begegnete, sagte er sich: »Schon wieder japanische Gesandte, die sich nach Europa einschiffen.«

Am nächsten Morgen, zerschlagen und hungrig, wurde ihm klar, dass er um jeden Preis etwas zu essen finden musste. Und seine Uhr zu verkaufen kam überhaupt nicht infrage, da würde er lieber verhungern. Er besann sich seiner weniger schönen als kräftigen Stimme und einiger französischer und englischer Lieder und beschloss, sein Glück als Sänger zu versuchen. Die Japaner mit ihren Zimbeln, Trommeln und Tamtams waren sicherlich große Musikliebhaber und würden einem talentierten Europäer begeistert zuhören. Allerdings war es vielleicht noch etwas zu früh am Morgen für ein Konzert dieser Art, und es bestand die Gefahr, dass die Musikliebhaber ihn mit anderer Münze entlohnen würden als mit der, auf der sich das Bild des Kaisers befand. Er würde also noch einige Stunden warten und in der Zwischenzeit versuchen, seine für einen fahrenden Sänger viel zu feine Kleidung gegen etwas Passenderes einzutauschen.

Nach langer Suche fand er einen Trödler, dem seine europäische Kleidung gefiel. Passepartout verließ den Laden in einem alten japanischen Kimono und mit einer Art Turban auf dem Kopf, der schon etwas ausgebleicht war. Außerdem klimperten noch ein paar Münzen in seiner Tasche, sodass er sich ein bescheidenes Teehaus suchen und dort ein Frühstück aus Geflügelresten und Reis einnehmen konnte. Nachdem er sich gestärkt hatte, dachte er darüber nach, wie er es anstellen könne, das Land so schnell wie möglich wieder zu verlassen.

Er lenkte seine Schritte zum Hafen und zu dem Pier, an dem die Schiffe nach Amerika ablegten. Dort wollte er versuchen, auf einem der Dampfer als Koch, Diener oder sonst was anzuheuern, um sich damit seine Überfahrt zu verdienen. Wenn er erst einmal in der Neuen Welt wäre, würde er schon eine Lösung für seine Probleme finden.

Doch unterwegs kamen ihm Bedenken. Das war leichter gedacht als getan. Warum sollte irgendwo ein Koch oder Diener gebraucht werden, der zudem noch in einem solchen Aufzug daherkam und weder Referenzen noch Zeugnisse vorweisen konnte? Plötzlich fiel sein Blick auf ein riesiges Plakat, das von einem Clown spazieren getragen wurde:

William Batulcars

Japanische Akrobaten

Letzte Vorstellungen der Langnasen vor ihrer Abreise nach Amerika!

Anrufung ihres Gottes Tingou!

Riesensensation!

Amerika! Passepartout folgte dem Plakatträger, der in die japanische Stadt ging. Eine Viertelstunde später stand er vor einem mit Wimpeln verzierten, ziemlich geräumigen Haus, dessen Außenwände die bunte, unperspektivische Darstellung einer Gauklertruppe schmückten. Passepartout trat ein und fragte nach Herrn Batulcar. Herr Batulcar erschien persönlich.

»Was wünschen Sie?«, fragte er Passepartout, den er zunächst für einen Einheimischen hielt.

»Brauchen Sie vielleicht einen Diener?«

»Einen Diener?«, rief Herr Batulcar und strich sich durch seinen grauen Bart. »Ich habe zwei starke, zuverlässige und treue Diener, die noch nie einen Lohn verlangt haben«, sagte er dann und streckte seine kräftigen Arme vor.

»Also kann ich mich in keiner Weise nützlich machen?«

»Ich wüsste nicht wie.«

»Zu dumm! Ich hätte so gerne mit Ihnen das Land verlassen.«

»Ach«, sagte der ehrenwerte Batulcar, »Sie sind ebenso wenig ein Japaner wie ich ein Affe bin. Warum laufen Sie dann in diesem Aufzug herum?«

»Man zieht an, was man hat.«

»Nun ja. Sie sind Franzose?«

»Jawohl. Ein waschechter Pariser.«

»Dann können Sie also Fratzen schneiden?«

»Meine Güte«, entgegnete Passepartout, den es ärgerte, dass er sich seiner Nationalität wegen eine solche Frage gefallen lassen musste, »natürlich können wir das. Aber auch nicht besser als die Amerikaner!«

»Stimmt. Ich brauche zwar keinen Diener, aber einen Clown. Verstehen Sie? In Frankreich lacht man über fremde Possenreißer und in der Fremde über die französischen.«

»Aha.«

»Sie sind also ein kräftiger Kerl?«

»Besonders, wenn ich etwas gegessen habe.«

»Und Sie können singen?«

»Ja.«

»Aber können Sie auch singen, wenn Sie auf dem Kopf stehen, auf dem linken Fuß einen Teller drehen und auf dem rechten einen Säbel balancieren?«

»Und ob!«, sagte Passepartout und wurde auf der Stelle engagiert. Als Mädchen für alles, was ihm einerseits zwar nicht besonders schmeichelte, ihn andererseits aber nach San Francisco bringen würde.

Die mit großem Getöse angekündigte Vorstellung sollte um drei Uhr beginnen. Passepartout hatte natürlich keine Rolle einstudieren können, deshalb erhielt er die Aufgabe, für die »Menschentraube« der Langnasen des Gottes Tingou den Sockel zu bilden. Diese Darbietung war die Hauptattraktion und bildete den Schluss der gesamten Vorstellung.

Schon lange vor Beginn war sie ausverkauft und Europäer, Chinesen und Japaner, Männer, Frauen und Kinder drängten sich auf den schmalen Zuschauerbänken. Das Orchester aus Tamtams, Flöten, Rasseln, Pauken und Tamburins veranstaltete einen Höllenspektakel.

Die Vorstellung verlief so, wie es solche Vorstellungen zu tun pflegen, wobei man allerdings zugeben muss, dass die Japaner die besten Seiltänzer und Jongleure der Welt sind. Es wäre müßig, hier auf die Darbietungen der Akrobaten und anderen Artisten näher einzugehen, weil nämlich die Hauptattraktion jene »Langnasen« waren, Artisten, die in Europa nicht ihresgleichen hatten.

Sie bildeten eine spezielle Truppe zur Anrufung des

Gottes Tingou. In mittelalterlichen Gewändern, mit einem Flügelpaar auf den Schultern, zeichneten sie vor allem ihre »langen Nasen« aus. Diese Nasen waren nichts weiter als Bambusrohre von sechs, sieben oder zehn Fuß Länge, wobei ein Fuß ungefähr dreißig Zentimeter misst. Sie waren gerade oder krumm, glatt oder knotig und saßen fest im Gesicht der Akrobaten, von denen ungefähr ein Dutzend auf dem Rücken lag, während die anderen auf diesen Nasen balancierten und die unglaublichsten Kunststücke aufführten. Die Schlussdarbietung bestand aus einer menschlichen Pyramide von ungefähr fünfzig Langnasen, die sich nicht auf den Schultern der Artisten, sondern auf ihren Nasen aufbaute! Am Fuß dieser Pyramide standen zwei kräftige Männer. Und nachdem einer von ihnen die Truppe verlassen hatte, wurde Passepartout als sein Ersatz aufgestellt.

Er kam sich kläglich vor mit seinem Flügelschmuck, dem Kostüm und der langen Nase. Aber er nahm seinen Platz ein. Die Pyramide baute sich auf, das Orchester spielte immer lauter, der Applaus toste und dann fiel alles zusammen wie ein Kartenhaus …

Ganz abrupt hatte Passepartout seinen Posten verlassen, war über die Rampe gesprungen, zur rechten Galerie gerannt und vor einem der Zuschauer auf die Knie gestürzt:

»Mein Herr, mein Herr!«, rief er immer wieder.

»Sie?«

»Ja, ich.«

»Dann aber nichts wie aufs Schiff, mein Freund!«

Herr Fogg, Frau Aouda und Passepartout liefen nach

draußen. Dort erwartete sie ein wütender Batulcar, den Herr Fogg mit einem Bündel Banknoten besänftigte. Um halb sieben betraten Phileas Fogg und Frau Aouda den Dampfer nach Amerika. Passepartout folgte ihnen mit einem Paar großer Flügel auf dem Rücken und einer sehr langen Bambusnase im Gesicht, denn er hatte noch nicht die Zeit gefunden, sich seines Kostüms zu entledigen.

Man kann sich denken, was sich vor Shanghai abgespielt hatte. Die Notsignale der *Tankadère* waren bemerkt worden und der Kapitän des Dampfers, der nach Japan fuhr, hatte Kurs auf den kleinen Schoner genommen. Herr Fogg hatte John Bunsby die vereinbarten fünfhundert Pfund bezahlt und wenige Augenblicke später war er mit Frau Aouda an Bord des Schiffes nach Yokohama gestiegen. Es lief planmäßig am Morgen des 14. November ein und Herr Fogg, der Fix einfach seiner Wege gehen ließ, hatte sich geradewegs zur *Carnatic* begeben und dort erfahren, dass Passepartout an Bord gewesen war.

Phileas Fogg, der am gleichen Abend nach San Francisco weiterreisen musste, machte sich sofort auf die Suche nach seinem Diener. Er fragte, wenn auch vergeblich, im englischen und französischen Konsulat nach ihm, suchte ihn überall und glaubte schon, ihn nicht mehr zu finden, als der Zufall, oder vielleicht eine Vorahnung, ihn in die Schaubude des ehrenwerten Batulcar führte.

Es war Frau Aouda, die Passepartout diese ganze Geschichte erzählte, und dass sie in Begleitung eines Herrn Fix gereist seien. Bei der Erwähnung dieses Namens zuckte Passepartout mit keiner Wimper. Der Moment war noch nicht gekommen, um seinem Herrn zu berichten, was sich zwischen ihm und dem Inspektor zugetragen hatte. Also begnügte er sich damit, Herrn Fogg zu sagen, er sei in eine Tabagie und dort an Opium geraten, wofür er sich entschuldigte.

Herr Fogg hörte seinem Diener wortlos zu. Dann lieh er ihm Geld, damit er sich ordentliche und passende Kleider kaufen konnte.

Das Schiff, das sie nach San Francisco bringen sollte und das nach dem gegenwärtigen amerikanischen Präsidenten *General Grant* hieß, gehörte der Schifffahrtsgesellschaft »Pacific Mail Steam«. Es war ein Raddampfer von zweitausendfünfhundert Tonnen, der eine hohe Geschwindigkeit erreichen konnte, bis zu zwölf Meilen in der Stunde. Phileas Fogg hatte also Grund zu hoffen, nach einundzwanzig Tagen, am 2. Dezember, in San Francisco zu sein, am 11. in New York und am 20. in London, womit er einen Vorsprung auf den schicksalhaften 21. Dezember haben würde.

Es waren viele Passagiere an Bord. Engländer, viele Amerikaner, ganze Heerscharen von Kulis, die nach Amerika wollten und eine Reihe Offiziere der indischen Armee, die sich auf Urlaub befanden.

Während der ganzen Überfahrt kam es zu keinem einzigen Zwischenfall. Der Stille Ozean wurde seinem Namen gerecht. Auch Herr Fogg war sehr ruhig, und seine junge Begleiterin empfand eine Zuneigung zu ihm, die nichts mehr mit Dankbarkeit zu tun hatte. Seine gelassene, großzügige Art beeindruckte sie mehr als sie sich eingestand. Sie sorgte sich um den Erfolg der Reise und unterhielt sich oft mit Passepartout darüber, der durchaus zwischen den Zeilen zu lesen verstand.

Neun Tage nachdem er aus Yokohama abgereist war, hatte Phileas Fogg genau die Hälfte der Erde umrundet. Das Schiff passierte den hundertachtzigsten Meridian, auf dem sich bekanntlich das London entgegengesetzte Ende der Welt befindet. Tatsächlich, und wenn man die Route berücksichtigte, hatte er aber bereits mehr als zwei Drittel und zweiundfünfzig Tage seiner Reise hinter sich gebracht, für deren Vollendung ihm jetzt noch achtundzwanzig Tage blieben.

An diesem 23. November erlebte auch Passepartout eine große Freude: Wir erinnern uns, wie er sich trotzig geweigert hatte, an seiner Uhr zu drehen. Und jetzt, ohne dass er sie jemals umgestellt hätte, stimmten plötzlich ihre Zeiger mit denen der Schiffsuhr überein. Dass sie neun Uhr morgens und seine neun Uhr abends anzeigte und dass die Geschichte mit den Längenkreisen, die Fix ihm erzählt hatte, trotzdem stimmte, kam ihm nicht in den Sinn. Aber wo war überhaupt Herr Fix?

Natürlich befand er sich an Bord der *General Grant.*

Unmittelbar nach der Ankunft in Yokohama war er ins britische Konsulat geeilt. Dort hatte er den Haftbefehl vorgefunden, der bereits vor vierzig Tagen datiert war, ihm seit Bombay hinterhergeschickt und ab Hongkong schließlich mit der *Carnatic* weiterbefördert wurde, auf der er eigentlich hätte reisen sollen. Man stelle sich die Enttäuschung des Inspektors vor! Der Haftbefehl war wirkungslos! Herr Fogg befand sich nicht länger auf britischem Territorium. Jetzt benötigte man einen Auslieferungsbefehl.

»Meinetwegen«, dachte Fix, nachdem seine erste Wut verraucht war. »Hier ist der Haftbefehl ungültig, aber nicht in England! Der Gauner will offenbar in seine Heimat zurück, weil er glaubt, die Polizei irregeführt zu haben. Bleibe ich ihm halt auf den Fersen. Was das Geld betrifft, so gebe Gott, dass noch was übrig ist. Aber er hat schon so viel ausgegeben. Nun ja, die Bank ist ja reich.«

Er reiste also weiter und sah zu seinem Erstaunen hinter Phileas Fogg und Frau Aouda den Diener Passepartout in seinem seltsamen Kostüm an Bord der *General Grant* kommen. Sofort versteckte er sich in seiner Kabine, um ihm aus dem Weg zu gehen. Nachdem aber so viele Passagiere auf dem Schiff waren, ging er davon aus, dass er seinem Feind ohnedies nicht begegnen würde, bis der ihm an diesem Tag, Fix befand sich gerade an Deck, plötzlich an die Gurgel sprang.

Ohne eine weitere Erklärung und zur großen Freude etlicher Amerikaner verprügelte Passepartout ihn nach Strich und Faden. Wobei sich die hohe Überlegenheit der französischen über die englische Boxkunst deutlich zeigte.

Danach ging es Passepartout deutlich besser. Fix rappelte sich hoch, betrachtete ihn kühl und fragte:

»Sind Sie jetzt fertig?«

»Für den Augenblick schon.«

»Dann lassen Sie uns reden. Im Interesse Ihres Herrn.«

Verblüfft von so viel Unverfrorenheit folgte Passepartout dem Inspektor zum Vorderschiff, wo sie sich auf eine Bank setzten.

»Sie haben mich durchgeprügelt, nun gut. Aber jetzt hören Sie mir zu. Ich war der Gegenspieler Ihres Herrn. Doch von nun an spiele ich mit.«

»Endlich«, rief Passepartout. »Halten Sie ihn jetzt auch für einen Ehrenmann?«

»Nein, für einen Gauner. Still! Bleiben Sie sitzen und lassen Sie mich sprechen! Während Herr Fogg sich noch auf englischem Gebiet befand, habe ich ihm jeden Stein in den Weg gelegt, um ihn verhaften zu können. Aber anscheinend will er wirklich nach England zurück. Und jetzt werde ich alles tun, um jeden Stein wegzuräumen, der ihm im Weg liegen könnte. Ich drehe den Spieß um, weil das meinen Interessen am besten dient. Und nicht nur meinen, sondern auch Ihren, denn nur in England können Sie herausfinden, ob Sie nun einem Verbrecher dienen oder nicht.«

Passepartout hatte genau zugehört. Fix schien wirklich zu meinen, was er sagte.

»Sind wir Freunde?«, fragte Fix.

»Nein«, entgegnete Passepartout. »Verbündete. Aber beim kleinsten Anzeichen von Verrat drehe ich Ihnen den Hals um.«

»Abgemacht«, sagte der Inspektor.

Am 3. Dezember lief die *General Grant* in San Francisco ein. Herr Fogg hatte keinen einzigen Tag gewonnen oder verloren.

Es war sieben Uhr morgens, als Phileas Fogg, Frau Aouda und Passepartout zum ersten Mal einen Fuß auf den amerikanischen Kontinent setzten, wenn man den schwimmenden Kai, an dem das Schiff angelegt hatte, dazurechnen kann. Passepartout, der so froh war, endlich in Amerika zu sein, wollte dies mit einem entsprechenden Freudensprung bekunden, bei dem er auf dem glitschigen Kai ausrutschte und fast auf den Rücken fiel. Höchst unzufrieden mit der Art und Weise, wie er seinen Fuß zum ersten Mal auf den neuen Kontinent gesetzt hatte, stieß er einen furchtbar lauten Schrei aus, womit er unzählige Pelikane und Kormorane verscheuchte, die den Kai bevölkerten.

Herr Fogg, kaum von Bord, erkundigte sich sogleich nach dem nächsten Zug nach New York. Der fuhr um sechs Uhr abends und das bedeutete, Herr Fogg konnte einen ganzen Tag in dieser großen und wichtigen kalifornischen Stadt verbringen. Er rief einen Wagen herbei, in dem er und Frau Aouda Platz nahmen. Passepartout setzte sich auf den Kutschbock und der Wagen fuhr in Richtung Hotel International.

Neugierig betrachtete Passepartout von seinem erhöhten Sitz aus die Stadt. Er sah breite Straßen, niedrige Häuserreihen, Kirchen und Tempel im Stil angelsächsischer Gotik, riesige Docks und Lagerhäuser aus Holz oder Ziegel, die aussahen wie Paläste. In den Straßen fuhren Karossen, Omnibusse und eine von Kabeln gezogene Straßenbahn. Auf den Trottoiren sah man Amerikaner, Europäer, Chinesen und Indianer.

Passepartout traute seinen Augen nicht. Er hatte die legendäre, gesetzlose, laute, schmutzige und bunte Goldgräberstadt von 1849 erwartet und keine gepflegte Handelsmetropole mit teuren Geschäftsstraßen, die San Francisco inzwischen war. Die »gute alte Zeit« des Wilden Westens war vorbei.

Das gesamte Erdgeschoss des Hotel International wurde von einer riesigen Bar und einem Buffet eingenommen, von dem sich Passanten *gratis* bedienen konnten. Geräuchertes Fleisch, Austernsuppe, Biskuits und Chesterkäse fanden reißenden Absatz. Nur die Getränke musste man bezahlen. Passepartout fand das »sehr amerikanisch«.

Das Hotelrestaurant macht einen angenehmen Eindruck. Herr Fogg und Frau Aouda nahmen an einem Tisch Platz, an dem ihnen blendend aussehende schwarze Kellner riesige Portionen auf winzigen Tellern servierten.

Nach dem Essen machten sie sich ins britische Konsulat auf, wo der Gentleman seinen Pass stempeln lassen wollte. Vor dem Hotel traf Herr Fogg auf seinen Diener, der ihn fragte, ob es nicht ratsam wäre, sich mit ein paar Dutzend Colts oder Karabinern einzudecken, bevor sie den Zug bestiegen, er sei nämlich vor Sioux- und Pawnee-Indianern gewarnt worden. Herr Fogg hielt dies für eine überflüssige Vorsichtsmaßnahme, stellte es Passepartout aber anheim, nach seinem Gutdünken zu handeln.

Phileas Fogg und Frau Aouda waren kaum zweihundert Schritt gegangen, als »rein zufällig« Fix des Weges kam, der sich überaus erstaunt gab. Wie, man habe sogar dasselbe Schiff nach San Francisco genommen und sei sich an Bord nicht begegnet? Jedenfalls fühle er sich geehrt, Herrn Fogg wieder zu treffen, dem er so viel zu verdanken habe. Und nachdem seine Geschäfte ihn nach Europa zurückriefen, freue er sich, die Reise in so angenehmer Gesellschaft machen zu dürfen.

Herr Fogg entgegnete, die Ehre sei ganz seinerseits, und war damit einverstanden, als Fix ihn fragte, ob er sich bei der Stadtbesichtigung anschließen dürfe. Und so flanierten die drei gemeinsam durch die Straßen von San Francisco.

Sie kamen zur Montgomery Street, wo ein ungeheurer Andrang von Menschen herrschte, die fast den gesamten Verkehr lahmlegten. Die Leute hingen aus den Fenstern, standen in den Geschäftseingängen und sogar auf den Dächern. Überall sah man Männer, die als wandelnde Werbeplakate umhergingen. Fähnchen wurden geschwenkt und immer wieder rief die Menge zwei Namen:

»Hurra Kamerfield!«

»Hurra Mandiboy!«

Fix hielt das Ganze für eine Kundgebung, eine Meinung, der Herr Fogg sich anschloss. Um nicht in der Menge unterzugehen, stellten sich Frau Aouda, Herr Fogg und der Inspektor auf einen oberen Treppenabsatz. Vor ihnen, zwischen dem Lager eines Kohlenhändlers und dem Geschäft eines Öllieferanten, lag ein großer Platz, zu dem die Menschen jetzt zu strömen begannen.

Aber wozu diese Kundgebung? Ging es um die Wahl eines hohen Funktionärs, eines Gouverneurs oder eines Kongressmitglieds? Phileas Fogg wusste es nicht.

Plötzlich geriet die Menge in Bewegung. Alle Hände flogen in die Luft. Manche geballte Faust sauste unter lautem Gebrüll nieder. Ohne Zweifel eine lebhafte Art, seine Stimme abzugeben. Das Durcheinander wurde immer wilder, und Fix meinte, es müsse sich wirklich um eine Angelegenheit von brennendem Interesse handeln.

Ob es möglicherweise noch um den längst beigelegten Streit wegen der *Alabama* ginge?

»Vielleicht«, meinte Herr Fogg.

Frau Aouda, an seinem Arm, betrachtete die ganze Szene mit Verwunderung. Fix wollte sich gerade bei einem Nebenstehenden erkundigen, als der Tumult noch größer wurde und in eine Art Massenschlägerei ausartete. Die Menge drang bis auf die Treppe vor, und Fix, der nicht riskieren wollte, dass »sein Mann« in irgendetwas hineingezogen würde, hielt es für äußerst ratsam, sich schleunigst zurückzuziehen. »Falls es sich um eine Angelegenheit handelt, die England betrifft und man uns erkennt, dann sind wir in Schwierigkeiten!«, mahnte er.

»Ein englischer Bürger …«, begann Herr Fogg. Aber er konnte seinen Satz nicht beenden. Hinter ihm ertönte plötzlich lautes Gebrüll: »Mandiboy, hipp, hipp, hurra!« Die Anhänger des Kandidaten kamen in Massen und nahmen die Anhänger des Kandidaten Kamerfield in die Flanke.

Herr Fogg, Frau Aouda und Fix waren eingeklemmt. Zum Entkommen war es zu spät. Die Leute waren mit Bleirohren und Totschlägern bewaffnet. Phileas Fogg und Fix versuchten Frau Aouda zu schützen und wurden fürchterlich herumgestoßen. Plötzlich tauchte ein riesiger Kerl mit rotem Bart und rotem Kopf auf, hob seine Faust und hätte den Gentleman empfindlich getroffen, wenn nicht Fix sich geopfert und den Schlag abgefangen hätte, der ihm eine Riesenbeule unter seinem Hut bescherte.

»Yankee!«, sagte Herr Fogg verächtlich.

»Englishman!«, lautete die Antwort.

»Wir sprechen uns noch!«

»Wann immer Sie wollen. Sie heißen?«

»Phileas Fogg. Und Sie?«

»Colonel Stamp W. Proctor.«

Die Menge flutete weiter, wobei Fix über den Haufen gerannt wurde. Er stand wieder auf. Seine Kleider waren zerrissen, aber sonst fehlte ihm nicht viel.

»Danke«, sagte Herr Fogg zu ihm, als er sich aus der Menge gelöst hatte.

»Keine Ursache, aber kommen Sie.«

»Wohin?«

»In ein Bekleidungsgeschäft.«

Das war eine gute Idee. Denn auch Herrn Foggs Kleidung sah aus, als ob er sich für den ehrenwerten Kamerfield oder Mandiboy geprügelt hätte.

Eine Stunde später waren sie wieder ordentlich bekleidet und behütet und kehrten ins Hotel International zurück. Dort wartete Passepartout mit einem halben Dutzend Trommelrevolver auf seinen Herrn. Als er Fix in Begleitung von Herrn Fogg sah, verfinsterte sich seine Miene. Nachdem aber Frau Aouda ihm kurz berichtet hatte, was geschehen war, heiterte sie sich wieder auf. Anscheinend war Fix wirklich kein Feind mehr, sondern ein Verbündeter. Er hielt Wort.

Sie speisten im Hotel zu Abend, und dann wurde ein Wagen gerufen, der die Reisenden und ihr Gepäck zum Bahnhof brachte. Als sie die Kutsche bestiegen, wandte Phileas Fogg sich an Fix:

»Haben Sie Colonel Proctor noch einmal gesehen?«

»Nein.«

»Ich werde nach Amerika zurückkommen, um ihn zu finden«, sagte Herr Fogg. »Ein englischer Bürger kann sich nicht auf diese Weise behandeln lassen.«

Der Inspektor lächelte und sagte nichts.

Um Viertel vor sechs kamen sie zum Bahnhof, wo der Zug bereits abfahrbereit stand. Herr Fogg wandte sich an einen Bahnangestellten und fragte: »Lieber Freund, hat es heute in San Francisco nicht einen Aufruhr gegeben?«

»Das war eine Wahlversammlung, mein Herr«, entgegnete dieser.

»Zweifellos für die Wahl eines Oberbefehlshabers?«

»Nein, Sir. Für die Wahl eines Friedensrichters.«

Nach dieser Erklärung bestieg Phileas Fogg den Zug, der sich sogleich in Bewegung setzte.

7

»Ocean to Ocean«, sagen die Amerikaner und meinen damit die Bahnstrecke, die das Land vom Atlantischen Ozean bis zum Pazifischen oder Stillen Ozean durchquert. Dieser »Pacific Railway« teilt sich jedoch in zwei Linien: In die »Central Pacific Railroad« zwischen San Francisco und Ogden in Utah und die »Union Pacific Railroad« zwischen Ogden und Omaha in Nebraska. Dort treffen dann fünf Linien aufeinander, die Omaha mit New York verbinden. Das Schienenband zwischen New York und San Francisco beträgt dreitausendsiebenhundertsechsundachtzig Meilen. Früher brauchte man im günstigsten Fall sechs Monate, um von New York nach San Francisco zu kommen. Heute sind es sieben Tage.

Im Juli 1862 hatte Präsident Lincoln das Gesetz unterzeichnet, das den Bau dieser Eisenbahn zwischen dem vierzigsten und einundvierzigsten Breitengrad vorsah. Die Arbeiten wurden sofort und mit jener amerikanischen Tatkraft begonnen, die keinem schreibwütigen Bürokratismus unterliegt, wobei die Qualität der Ausführung nicht der Schnelligkeit geopfert werden durfte.

Der ehrenwerte Phileas Fogg konnte also davon ausgehen – oder es zumindest hoffen –, am 11. Dezember das Schiff nach Liverpool zu erreichen. Der Waggon, in dem er saß, hatte keine gewöhnlichen Abteile. Stattdessen waren an jeder Seite zwei Sitzreihen angebracht, zwischen denen jeweils ein Gang zu den Waschabteilen führte, mit denen jeder Waggon ausgestattet ist. Die einzelnen Waggons waren so miteinander verbunden, dass die Reisenden von einem Ende des Zuges zum anderen wandern konnten. Es gab einen Salonwagen, einen Aussichtswagen und einen Speisewagen. Händler gingen durch die Abteile und boten Zeitungen, Süßigkeiten und Zigarren an, die gerne gekauft wurden.

In Oakland war die Reise um sechs Uhr losgegangen. Es war bereits dunkel und der Zug fuhr mit einer Geschwindigkeit von ungefähr zwanzig Meilen pro Stunde. Gesprochen wurde wenig, weil die meisten Reisenden bald von Müdigkeit übermannt einschliefen. Passepartout saß dem Kriminalinspektor gegenüber, sprach aber nicht mit ihm. Seit den letzten Ereignissen hatte sich ihre Beziehung merklich abgekühlt. Passepartout verhielt sich äußerst reserviert und war entschlossen, beim geringsten Verdacht seinen ehemaligen Freund zu erwürgen.

Um sieben Uhr begann es zu schneien, und um acht Uhr erschien der Schaffner und verkündete, es sei jetzt Schlafenszeit. Mit wenigen Handgriffen wurden die Sitzgelegenheiten in komfortable Schlafkojen verwandelt, die durch dichte Vorhänge voneinander abgetrennt waren, sodass jeder Reisende ein behagliches Bett hatte, während der Zug durch das nächtliche Kalifornien brauste. Gegen Mitternacht hatten sie die Hauptstadt Sacramento erreicht, doch das nahm niemand mehr wahr.

Später fuhr der Zug auf die Sierra Nevada zu, ein Gebirge, das im Westen flach ansteigt und im Osten steil abfällt. Um acht Uhr wurden die Reisenden geweckt und die Betten wieder zu Sitzen umfunktioniert. Die Bahnstrecke schlängelte sich um alle natürlichen Hindernisse herum, es gab kaum Tunnels und keine Brücken. Das ständige Pfeifen und Rattern der Lokomotive vermischte sich mit dem Rauschen von Wasserfällen und dem Pfeifen des Windes, während ihre Rauchwolken in die Baumwipfel hinaufstiegen.

Um neun Uhr hatten sie Nevada erreicht und schon um zwölf Uhr nahmen sie bei einem zwanzigminütigen Aufenthalt in Reno ihr Mittagessen ein. Danach nahmen Herr Fogg, Frau Aouda, Fix und Passepartout ihre Plätze im Waggon wieder ein. Sie sahen aus dem Fenster und betrachteten die Landschaft, die an ihnen vorüberzog. Sie fuhren gerade durch eine endlose Prärie, als gegen drei Uhr nachmittags die Lokomotive die Fahrtgeschwindigkeit drosselte und schließlich zum Stillstand kam. Eine Bisonherde von zehn- bis zwölftausend Tieren überquerte in aller Seelenruhe das Gleis, und der Zug musste warten, bis sie vorübergezogen war. Und das dauerte Stunden.

Die Zugreisenden beobachteten das Schauspiel von den Gängen aus. Nur Phileas Fogg, der es am eiligsten hatte, blieb ruhig auf seinem Platz sitzen und wartete mit der Ergebenheit des wahren Philosophen darauf, dass diese Wildrinder, die mit den europäischen Auerochsen verwandt sind, den Weg wieder freimachen würden. Passepartout platzte fast vor Wut über den unfreiwilligen Aufenthalt. Am liebsten hätte er mit sämtlichen Revolvern auf sie geschossen.

»Was für ein Land!«, schrie er. »Blöde Rindviecher halten die Züge auf! Zum Teufel! Ich wüsste gern, ob das auch zu Herrn Foggs Programm gehört. Und dieser Lokführer, der sich nicht traut, dazwischenzufahren!«

Das hatte der Mann, der natürlich wusste, was er tat, nicht einmal versucht. Seine starke Lokomotive hätte sicher einige Tiere zermalmen können, aber danach wäre der ganze Zug ebenso sicher entgleist. Es hieß also, Geduld zu bewahren und später zu versuchen, die verlorene Zeit wieder aufzuholen. Nach über drei Stunden konnte die Fahrt fortgesetzt werden und gegen halb neun Uhr abends, es war der 5. Dezember, kam man ins Land der Mormonen und näherte sich mit einer Geschwindigkeit von fünfzig Meilen pro Stunde dem Great Salt Lake, dem Großen Salzsee.

Am nächsten Morgen schnappte Passepartout zwischen zwei Waggons ein wenig frische und kühle Luft, als ihm ein etwas seltsam aussehender Mann auffiel, der durch den ganzen Zug ging und an jeder Waggontür einen handgeschriebenen Zettel anbrachte. Er war hochgewachsen, braun gebrannt, hatte einen schwarzen Schnauzbart und war vom Seidenhut bis zu den Schuhen schwarz gekleidet. Er sah aus wie ein Priester.

Passepartout las einen der Zettel. Dort stand, dass der ehrenwerte »Älteste« William Hitch, mormonischer Missionar, um elf Uhr vormittags im Waggon 117 einen Vortrag über das Mormonentum halten werde, zu dem er alle Herren herzlich einlade, die das Bedürfnis verspürten, sich über die »Heiligen der Letzten Tage« zu informieren.

»Da geh ich hin«, sagte er sich, dem vom Mormonentum außer der Vielweiberei nichts weiter bekannt war.

Von den ungefähr hundert Fahrgästen fanden sich rund dreißig um elf Uhr im Waggon 117 ein. Passepartout saß ganz vorne. Weder sein Herr noch Inspektor Fix hatten sich angesprochen gefühlt, den Ausführungen des Ältesten Hitch zu lauschen, der jetzt plötzlich aufsprang und mit donnernder Stimme rief:

»Und ich sage Euch, dass Joe Smith ein Märtyrer ist, dass sein Bruder Hyram ein Märtyrer ist und dass die Verfolgungen durch die Regierung der Union auch aus Brigham Young noch einen Märtyrer machen werden! Wer würde es wagen, das Gegenteil zu behaupten?«

Niemand natürlich. Seine Wut, die in einem merkwürdigen Kontrast zu seinem sonstigen Äußeren stand, erklärte sich zweifellos aus der Tatsache, dass sich die Mormonengemeinde harten Prüfungen ausgesetzt sah. Die Regierung der Vereinigten Staaten sah sich genötigt, das rebellische Territorium mit seinen religiösen Fanatikern in seine Schranken zu verweisen. Und wie man sieht, machte der Älteste William Hitch sogar in der Eisenbahn Propaganda.

Leidenschaftlich erzählte er seinen Zuhörern von den Anfängen der Bewegung im Staate Vermont, vom jungen Joseph Smith, der das Buch Mormon veröffentlichte, die von ihm übersetzte prophetische Weissagung, die in biblischer Zeit auf goldenen Tafeln niedergeschrieben worden war. Und wie er dann die neue Religion gegründet hatte. Wie die Anhänger immer weiter nach Westen gedrängt wurden, bis sie nach einem großen Treck schließlich in der Nähe des Great Salt Lake die »City of the Saints«, die »Stadt der Heiligen« gründeten.

Die Langatmigkeit seines Berichts veranlasste immer mehr Zuhörer, den Waggon zu verlassen, was den Ältesten Hitch aber in keiner Weise zu bremsen vermochte. Schließlich saßen nur noch einige wenige da, zu denen auch Passepartout gehörte, der aber recht bald allein übrig blieb und fasziniert vernahm, wie es den Mormonen dank ihrer Vielweiberei gelungen war, sich in kürzester Zeit enorm zu vermehren.

»Und deshalb«, fügte der Erzähler hinzu, »deshalb ist der Kongress der Vereinigten Staaten neidisch auf uns und will uns mit seinen Soldaten vernichten!« Und dann fragte er seinen letzten treuen Zuhörer, ob er vielleicht den Wunsch verspüre, seine Zelte in Utah aufzuschlagen? Passepartout verneinte, entfloh und überließ den Prediger der Wüste sich selbst.

Über all dem war der Zug jedoch am nordwestlichen Ufer des Great Salt Lake angelangt. Dieses Binnenmeer, ungefähr siebzig Meilen lang und fünfunddreißig breit, liegt dreitausendachthundert Fuß über dem Meeresspiegel. Sein Salzgehalt ist so hoch, dass kein Fisch in ihm leben kann. Allerdings stimmt es nicht, dass man sich auf das Wasser legen könnte, ohne unterzugehen. Um den ganzen See herum war das Land kultiviert, weil die Mormonen sich der Landwirtschaft verschrieben haben. Man sah Farmen, Stallgebäude, eingezäunte Pferdekoppeln und Schweinepferche. Eine leichte Schneedecke lag auf dem Land. Sechs Monate später hätte man, so weit das Auge reicht, Getreidefelder bewundern können und kilometerlange wilde Rosenhecken.

Um zwei Uhr fuhr der Zug im Bahnhof von Ogden

ein. Die planmäßige Weiterfahrt war erst für sechs Uhr abends vorgesehen. Die Fahrgäste stiegen aus, und Herr Fogg, Frau Aouda sowie ihre beiden Begleiter hatten Zeit, mit einer kleinen Bahn in die »City of the Saints« zu fahren, die wir heute unter dem Namen Salt Lake City kennen. Zwei Stunden würden ausreichen, um diese durch und durch amerikanische Stadt zu besichtigen, die, wie die meisten anderen, schachbrettartig erbaut worden war. Auch ihre Erbauer hatten offenbar den angelsächsischen Drang zur Symmetrie gehabt.

Unsere Freunde promenierten durch die Straßen und stellten fest, dass es keine Kirchen gab. Stattdessen aber Monumentalbauten wie das Haus des Propheten, das Gerichtsgebäude und das Zeughaus. Viele Häuser waren mit bläulichen Ziegeln und umlaufenden Balkonen erbaut und von hübschen Gärten umgeben. Um die Stadt herum lief eine Mauer. An der Hauptstraße, auf der offensichtlich auch ein Markt abgehalten wurde, gab es einige vornehme Privathäuser. Menschen waren allerdings kaum zu sehen. Erst am Tempelplatz trafen sie auf eine Reihe von Leuten, wobei die Frauen in der Überzahl waren, was sich aus den Heiratsbräuchen der Mormonen erklärt. Die Vielehe ist erlaubt, aber nicht vorgeschrieben. Die Frauen Utahs sind aber sehr daran interessiert, verheiratet zu sein, weil der Mormonenhimmel den alten Jungfern keine Freuden verspricht. Die meisten wirkten eher ärmlich, waren nach indianischer Art gekleidet und sahen nicht sehr glücklich aus.

Passepartout als überzeugter Junggeselle sah mit einem gewissen Schauder auf diese Mormoninnen, deren Aufgabe es war, einen Einzelnen glücklich zu machen. Sein gesunder Menschenverstand sagte ihm, dass in dem Fall der Ehemann am meisten zu beklagen sei. Es musste doch schrecklich sein, so viele Damen gleichzeitig durch die Wechselfälle des Lebens zu geleiten und die ganze Truppe ins Mormonenparadies zu bringen, wo der strahlende Joseph Smith mit allen Wonnen ihrer harrte. Er fühlte sich ganz und gar nicht berufen und hatte trotzdem das beunruhigende Gefühl – worin er sich vermutlich irrte –, dass die Frauen begehrliche Blicke auf ihn warfen.

Glücklicherweise fuhr der Zug bald weiter, sie kehrten zum Bahnhof zurück und nahmen ihre Plätze wieder ein. Als der Zug sich in Bewegung setzte, schrie jemand laut: »Halt! Halt!« Ein Mormone rannte so schnell er konnte auf den Zug zu. Nun kann man keinen fahrenden Zug aufhalten. Doch der Mann hatte Glück, weil es keine Barrieren gab. So stürmte er quer über die Gleise, erwischte den letzten Waggon und fiel völlig erschöpft auf eine Bank. Passepartout hatte diese sportliche Hochleistung interessiert verfolgt, und als der Mann wieder zu Atem gekommen war, fragte er ihn höflich, ob er erfahren dürfe, wie viele Frauen er denn habe. Und nach der Art und Weise zu schließen, wie der Mormone das Weite gesucht hatte, ging er davon aus, dass es mindestens zwanzig waren.

Der Mann warf die Arme in Luft.

»Eine!«, sagte er. »Bloß eine. Aber die hat gereicht!«

Von Ogden fuhr der Zug noch eine Stunde lang in Richtung Norden und wandte sich dann endgültig nach Osten. San Francisco war jetzt neunhundert Meilen entfernt.

Gerade hier, zwischen der Wasatchkette und den Rocky Mountains, hatten die Eisenbahningenieure enorme Schwierigkeiten zu überwinden gehabt, was man auch daran erkennt, dass die Subventionen der Regierung in diesem Bauabschnitt von den üblichen sechzehntausend Dollar pro Meile auf achtundvierzigtausend Dollar erhöht wurden. Dennoch hatte man stets mit der Natur gebaut und nur einen einzigen Tunnel von vierzigtausend Fuß durch die Berge gebohrt. Am Great Salt Lake hatte die Strecke ihren bisher höchsten Punkt erreicht und wand sich jetzt in einem endlosen Bogen und über viele Brücken bis zur Wasserscheide zwischen dem Atlantischen und Pazifischen Ozean.

Am Vormittag des 7. Dezember hielten sie eine Viertelstunde in Green River. Nachts hatte es stark geschneit, aber Gott sei Dank war der Schnee jetzt zum Teil wieder weggetaut, sodass er den Zug nicht behinderte. Trotzdem wurde Passepartout immer unruhiger und besorgter, ob denn dieser vorletzte Abschnitt ihrer Reise auch gut verlaufen würde. Was Fix betraf, so ging es ihm ähnlich. Er fürchtete sich vor Verspätungen, vor Unglücksfällen jeglicher Art und eigentlich hatte er es noch eiliger, nach England zu kommen, als Phileas Fogg.

Frau Aouda hingegen hatte ganz andere Sorgen. Während des Aufenthalts in Green River waren etliche Fahrgäste ausgestiegen, um sich ein wenig die Beine zu vertreten. Unter ihnen hatte die junge Frau den Colonel Stamp W. Proctor erkannt, jenen Raufbold, mit dem Phileas Fogg noch eine Rechnung zu begleichen hatte. Sofort zog sie sich vom Fenster zurück, um nicht gesehen zu werden.

Ihr Herz krampfte sich zusammen. Herr Fogg und dieser grobe Kerl durften sich auf keinen Fall begegnen, denn ihr edler Retter würde von diesem Menschen sicherlich Rechenschaft verlangen.

Als Herr Fogg ein kleines Mittagsschläfchen hielt, wandte sie sich deshalb an Fix und Passepartout. »Was?«, rief Fix. »Dieser Proctor ist hier im Zug? Aber beruhigen Sie sich, Madame, bevor er sich an Herrn Fogg vergreift, bekommt er es mit mir zu tun. Denn eigentlich habe ich ja viel mehr abbekommen als Herr Fogg.«

»Und außerdem«, fügte Passepartout hinzu, »werde ich mich um ihn kümmern, und wenn er hundert Mal Colonel ist.«

»Herr Fix«, sagte Frau Aouda. »Herr Fogg wird es niemals dulden, dass sich jemand anders für ihn rächt. Er will ja sogar deswegen nach Amerika zurückkommen. Wenn er also auf den Colonel aufmerksam wird, können wir eine Begegnung nicht mehr verhindern.«

»Sie haben Recht, Madame«, sagte Fix. Auch Passepartout war der Meinung, dass die beiden Herren auf keinen Fall aufeinandertreffen durften. Sie wollten sich gerade miteinander beraten, als Herr Fogg von seinem Schläfchen erwachte. Trotzdem raunte Passepartout dem Inspektor zu, ob dieser sich denn tatsächlich für Herrn Fogg schlagen würde? Und Fix meinte, er täte alles, um Phileas Fogg lebendig nach Europa zu bringen.

Jetzt ging es darum, ihn mit allen Mitteln davon abzuhalten, das Abteil zu verlassen. Das sollte nicht allzu schwer sein, da der Gentleman keinen Bewegungsdrang verspürte und auch nicht neugierig war.

»Die Stunden im Zug sind schon sehr lang, nicht wahr?«, wandte sich Inspektor Fix an Phileas Fogg.

»Allerdings«, entgegnete dieser. »Aber sie gehen vorüber.«

»Auf dem Schiff haben Sie doch immer Whist gespielt?«

»Ja, aber hier geht das nicht. Hier habe ich weder Karten noch Partner.«

»Die Karten können wir sicher kaufen. In amerikanischen Zügen wird alles verkauft. Und was die Partner betrifft, vielleicht kann Madame zufällig …«

»Oh ja«, fiel Frau Aouda ein. »Ich habe gelernt, Whist zu spielen. Das gehörte zu meiner englischen Erziehung.«

»Und ich«, fügte Fix hinzu, »spiele eigentlich auch gar nicht so schlecht. Dann wären wir zu dritt mit einem Strohmann …«

»Wenn Sie Lust haben«, sagte Herr Fogg erfreut, und man schickte Passepartout unverzüglich los, die Spielkarten zu kaufen. »Jetzt wird er sich nicht mehr vom Fleck rühren«, sagte sich der.

Um elf Uhr vormittags hatte der Zug die Wasserscheide der beiden Meere erreicht und damit den zweithöchsten Punkt der gesamten Bahnstrecke. Noch ungefähr zweihundert Meilen, und dann würde er zu den großen Prärien kommen, die sich bis zum Atlantik erstrecken. Zu ihrer Linken erhob sich am nordöstlichen Horizont der südliche Teil der Rocky Mountains mit der Spitze des Laramie als höchstem Berg. Rechts erblickte man die ersten Ausläufer jenes Massivs, das sich im Süden bis zur Quelle des Arkansas erstreckt, einem der bedeutendsten Nebenflüsse des Mississippi. In einigen Stunden würden sie die Rocky Mountains endgültig hinter sich gelassen haben und bis dahin hoffentlich auch weiterhin ohne Zwischenfälle reisen. Es schneite nicht mehr, aber es war kalt. Sehr große Vögel, von der Lokomotive aufgescheucht, erhoben sich schwerfällig in die Lüfte. Kein Bär und kein Wolf war zu sehen, nur die nackte Wüste.

Nach dem Mittagessen, das im Abteil serviert worden war, setzten Herr Fogg und seine Partner ihr Kartenspiel fort. Plötzlich ertönten schrille Pfiffe und der Zug hielt. Passepartout steckte den Kopf aus dem Fenster. Es war weit und breit nichts zu sehen.

Zur großen Erleichterung von Frau Aouda und Herrn Fix machte Herr Fogg sich nicht selbst auf den Weg, sondern schickte Passepartout, um sich zu erkundigen, was los sei.

Passepartout sprang aus dem Waggon. Draußen standen schon ungefähr vierzig andere Fahrgäste, darunter auch Colonel Stamp W. Proctor. Der Lokomotivführer diskutierte heftig mit einem Mann, der ihm von Medicine Bow, der nächsten Bahnstation, entgegengeschickt worden war. Ein auf Rot stehendes Signal hatte den Zug zum Halten gebracht. Einige Fahrgäste, unter ihnen der laute und großartige Colonel, mischten sich ein. Passepartout hörte, wie der Streckenwärter sagte: »Sie können nicht weiterfahren. Die Brücke vor Medicine Bow ist morsch, die trägt keinen Zug mehr.«

Diese Brücke war ungefähr eine Meile entfernt und führte über einen reißenden Fluss. Und bei der sonstigen

Sorglosigkeit der Amerikaner war es vermutlich angeraten, die Warnung ernst zu nehmen. Passepartout stand unbeweglich da, die Zähne zusammengebissen, und wagte es nicht, dies seinem Herrn zu melden.

»Ich werde doch hier im Schnee keine Wurzeln schlagen!«, schrie Colonel Proctor.

Der Schaffner erklärte, dass man nach Omaha wegen eines Ersatzzuges telegrafiert habe, der in ungefähr sechs Stunden eintreffen sollte. Und genauso viel Zeit würden die Reisenden auch brauchen, um die zwölf Meilen entfernt liegende Bahnstation zu Fuß zu erreichen.

Der Colonel verfluchte die Eisenbahngesellschaft, er verfluchte den Schaffner und den Lokomotivführer, und es fehlte nicht viel, und Passepartout hätte es ihm gleichgetan. Denn diesen unfreiwilligen Aufenthalt würden die Banknoten seines Herrn nicht verkürzen können.

Plötzlich trat der Lokomotivführer, ein Yankee aus echtem Schrot und Korn, vor und meinte, es gäbe vielleicht doch eine Möglichkeit, mit dem Zug über die Brücke zu fahren. Und zwar mit großem Schwung und höchster Geschwindigkeit. Diese Idee begeisterte nicht nur Colonel Proctor, sondern auch andere Fahrgäste. Passepartout versuchte vergeblich, Bedenken anzumelden. Kein Mensch war an seinem Vorschlag interessiert, dass erst die Fahrgäste die Brücke zu Fuß überqueren und der Zug ihnen folgen sollte …

Zunächst glaubte man, eine Chance von fifty-fifty zu haben, dann überzeugten sich die Leute selber, dass die Erfolgsaussichten viel höher wäre, und der arme Passepartout musste es sich schließlich gefallen lassen, dass

Colonel Proctor ihn seiner Einwände wegen für feige hielt.

»Ich? Feige? Ich werde diesen Leuten zeigen, dass ein Franzose amerikanischer sein kann als jeder Amerikaner!«, schrie Passepartout.

»Alles einsteigen!«, rief der Zugführer. »Alles einsteigen!«

Die Fahrgäste nahmen ihre Plätze wieder ein und Passepartout ging in sein Abteil zurück, in dem die anderen drei in ihr Whistspiel vertieft waren. Er sagte nichts.

Die Lokomotive pfiff mehrmals laut. Der Lokführer setzte eine Meile zurück. Dann fuhr er wieder vorwärts. Die Lokomotive kreischte und stieß dichte Dampfwolken aus, dasRattern der Räder wurde zu einem lauten Dröhnen, und mit der entsetzlichen Geschwindigkeit von hundert Meilen pro Stunde zischte und schoss der Zug wie ein Pfeil über die Brücke und hatte kaum das andere Ufer des Medicine Creek erreicht, als sie zusammenbrach und mit Getöse in den Fluss donnerte.

Am Abend setzte der Zug ohne weitere Hindernisse seine Fahrt fort. Sie befanden sich im Gebiet des Colorado, das reich ist an Gold- und Silberminen und in dem sich bereits über fünfzigtausend Menschen niedergelassen haben. Inzwischen hatten sie seit San Francisco in drei Tagen und drei Nächten dreizehnhundertzweiundachtzig Meilen hinter sich gebracht. Vier weitere Tage und Nächte sollten ausreichen, um New York zu erreichen. Der Zeitplan des Phileas Fogg war derzeit also nicht gefährdet.

Nach Denver erreichten sie um elf Uhr nachts Nebraska, kamen nach Julesburgh am South Platte River und um acht Uhr früh trennten sie noch dreihundertsiebenundfünfzig Meilen von Omaha. Um neun Uhr waren sie in North Platte, wo sich der South Platte und der North Platte zum Platte River zusammenfinden, der dann bei Omaha in den Missouri mündet. Der hunderterste Längengrad war überschritten.

Herr Fogg und seine Partner spielten Karten. Keinem schien die Reise zu lang zu werden, und Fix hatte sogar einige Guineen gewonnen, die er allerdings gerade wieder verlor, was ihn aber nicht zu verdrießen schien. An diesem Morgen war das Glück eindeutig aufseiten von Herrn Fogg. Nachdem er einen ziemlich gewagten Coup gelandet hatte, wollte er gerade Pik spielen, als hinter ihm eine Stimme ertönte:

»Ich würde Karo spielen …«

Herr Fogg, Frau Aouda und Fix blickten auf. Neben ihnen stand Colonel Proctor.

Stamp W. Proctor und Phileas Fogg erkannten sich sofort.

»Ach, Sie sind das, Herr Engländer«, rief der Colonel. »Sie wollen Pik spielen!«

»Und das werde ich auch.«

»Sie haben doch keine Ahnung von diesem Spiel. Sie müssen Karo nehmen!«

»Vielleicht gibt es ein anderes Spiel, von dem ich mehr verstehe«, sagte Herr Fogg und stand auf.

Frau Aouda wurde bleich und ergriff seinen Arm. Sanft stieß er sie zurück. Passepartout wollte sich gerade auf den Amerikaner stürzen, als auch Fix sich erhob.

»Sie vergessen«, sagte er zu dem Colonel, »dass ich es war, den Sie nicht nur beleidigt, sondern sogar geschlagen haben!«

»Pardon, Herr Fix«, sagte Phileas Fogg. »Aber das geht nur mich etwas an. Und ganz besonders, weil ich jetzt noch einmal beleidigt wurde, indem dieser Herr von mir verlangt, Karo zu spielen.«

»Wann und wo Sie wollen«, entgegnete der Amerikaner. »Die Waffen bestimmen Sie.«

Herr Fogg erklärte ihm höflich, seine Geschäfte erlaubten ihm keinerlei Aufenthalt oder Verzögerung, dass er aber ohnedies geplant gehabt habe, in sechs Monaten nach Amerika zurückzukehren, um sich mit ihm zu duellieren. Und jetzt könne man die Gelegenheit nutzen, um Ort und Zeit zu bestimmen.

»Papperlapapp! Gleich oder gar nicht!«, rief der Colonel.

»Nun gut«, sagte Herr Fogg. »Fahren Sie nach New York?«

»Nein.«

»Nach Chicago?«

»Nein.«

»Nach Omaha?«

»Das geht Sie nichts an. Kennen Sie Plum Creek?«

»Nein«, entgegnete Phileas Fogg.

»Das ist die nächste Station. Da kommen wir in einer Stunde an und haben zehn Minuten Aufenthalt. Das reicht für ein Revolverduell.«

»Gut«, sagte Herr Fogg. »Ich werde dort aussteigen.«

»Und liegen bleiben«, versicherte ihm der Amerikaner.

»Wenn Sie meinen«, entgegnete Phileas Fogg kühl und wandte sich Frau Aouda zu. Vor Prahlern, beruhigte er sie, brauche man sich im Allgemeinen nicht zu fürchten. Herrn Fix bat er, ihm zu sekundieren, was dieser natürlich nicht ablehnen konnte. Dann nahm er sein Spiel wieder auf und spielte Pik.

Um elf Uhr kündete der Pfiff der Lokomotive von der Ankunft in Plum Creek. Herr Fogg stand auf und begab sich, gefolgt von Fix, auf die Plattform des Zuges. Mit zwei Revolvern bewaffnet kam Passepartout hinterher. Frau Aouda blieb bleich wie der Tod zurück.

Im gleichen Moment öffnete sich die andere Waggontür und Colonel Proctor, begleitet von einem anderen waschechten Yankee, trat ebenfalls auf die Plattform hinaus. Doch der Schaffner kam herbeigelaufen und bat sie, nicht auszusteigen.

»Und wieso nicht?«, wollte der Colonel wissen.

»Wir haben zwanzig Minuten Verspätung.«

»Aber ich muss mich mit diesem Herrn hier duellieren.«

Dies sei leider nicht möglich, denn der Zug müsse weiterfahren, erklärte der Schaffner. Doch dann hatte er eine Idee und schlug den Kontrahenten vor, sich während der Fahrt zu duellieren. Und zwar im letzten Waggon, der nur spärlich besetzt sei. Die Fahrgäste würden sicherlich Verständnis zeigen und den Waggon zu diesem Zweck kurzfristig räumen.

»Vielleicht passt das dem Herrn aber nicht?«, sagte Colonel Proctor spöttisch.

»Mir passt das ausgezeichnet«, entgegnete Phileas Fogg.

»Wir sind definitiv in Amerika«, dachte Passepartout. »Der Schaffner gehört zur besseren Gesellschaft.« Damit folgte er seinem Herrn.

Angeführt vom Schaffner begaben sich die beiden Kontrahenten und ihre Sekundanten durch sämtliche Waggons bis zum Ende des Zuges. Im letzten Waggon angekommen, wurden die Fahrgäste, es waren ungefähr zehn, gebeten, ihn für einen Ehrenhändel kurzfristig zu verlassen. Diesem Wunsch kam jeder gerne nach.

Die Herren stellten sich in Position, jeder erhielt zwei Trommelrevolver mit je sechs Schuss. Die Zeugen verschlossen die Türen und blieben draußen auf der Plattform. Beim ersten Pfiff der Lokomotive war aufeinander zu schießen und nach zwei Minuten würden die Türen wieder geöffnet um nachzusehen, wie sich die beiden Herren geschlagen hatten. Es handelte sich also um ein denkbar einfaches Duell. So einfach, dass Fix und Passepartout das Herz bis zum Hals klopfte.

Man wartete auf den Pfiff der Lokomotive, als plötzlich ein wildes Geschrei ertönte und im vorderen Teil des Zuges Schüsse zu hören waren. Colonol Proctor und Herr Fogg stürzten mit gezogenen Waffen nach vorn und sahen sich einer Horde Sioux-Indianer gegenüber, die gerade den Zug überfiel.

Diese kühnen Krieger hatten schon öfter solche Überfälle durchgeführt und waren auch diesmal, ihrer Gewohnheit gemäß, aus vollem Galopp heraus auf die Plattformen des fahrenden Zuges gesprungen. Ungefähr hundert Mann waren es, mit Gewehren bewaffnet. Zuerst hatten sie in der Lokomotive den Lokführer und den Heizer niedergeschlagen. Einer ihrer Häuptlinge, der nichts davon verstand, versuchte, den Zug zu fahren und hatte das Dampfventil aufgedreht, statt es zu schließen, sodass die Geschwindigkeit immer höher wurde.

Die Indianer waren in die Abteile eingedrungen und kämpften nun Mann gegen Mann gegen die Fahrgäste. Den Gepäckwagen hatten sie aufgebrochen, die Koffer flogen neben das Gleis.

Mutig verteidigten sich die Fahrgäste, die sich, so gut es ging, verbarrikadiert hatten. Auch Frau Aouda beteiligte sich sofort tapfer an dem Kampf und schoss auf jeden Indianer, den sie zu Gesicht bekam. Zwanzig Angreifer waren bereits getötet worden, aber auch unter den Reisenden gab es etliche Verwundete. Und wenn der Zug in Fort Kearney, das zwei Meilen entfernt war und wo sich ein Militärposten befand, nicht anhielt, dann würde die Attacke vermutlich zugunsten der Sioux ausgehen.

Der Schaffner kämpfte sich zu Herrn Fogg durch. Von einer Kugel getroffen stürzte er nieder und rief noch im Fallen: »Wenn der Zug nicht innerhalb von fünf Minuten hält, sind wir verloren!«

»Er wird halten«, sagte Phileas Fogg und wollte aus dem Waggon eilen.

»Bleiben Sie, gnädiger Herr!«, schrie Passepartout. »Das mache ich!« Und bevor sein Herr ihn noch zurückhalten konnte, hatte er die Tür geöffnet und hangelte sich geschickt unter den Waggons entlang nach vorn zur Lokomotive vor, ohne dass er von den Indianern entdeckt worden wäre. Dort hing er dann zwischen Gepäckwagen und Tender, an dem er sich mit einer Hand festhielt, während er versuchte, ihn mit der anderen Hand abzukoppeln und auch noch die Sicherheitsketten zu lösen. Dies wäre ihm trotz all seiner Kraft und Geschicklichkeit niemals gelungen, wenn nicht gleichzeitig ein heftiger Stoß die Lok erschüttert hätte. Sie fuhr, immer noch mit voller Kraft, allein weiter, während die Waggons langsam ausrollten und ganz kurz vor Fort Kearney zum Stehen kamen.

Die Soldaten des Forts, die von der Schießerei aufgeschreckt worden waren, eilten den Reisenden zu Hilfe. Die Sioux, die sie nicht erwartet hatten, stoben in alle Himmelsrichtungen davon.

Als die Fahrgäste sich bei der Station versammelten, stellten sie fest, dass einige von ihnen fehlten. Und zu diesen gehörte auch der tapfere Franzose, dessen selbstloser Einsatz ihnen das Leben gerettet hatte.

8

Es gab viele Verwundete, aber keine Toten unter den Fahrgästen. Colonel Proctor, der schwer getroffen worden war, hatte sich tapfer geschlagen und wurde in die Bahnstation gebracht. Auch Frau Aouda und Herr Fogg hatten sich nicht geschont. Ihnen beiden fehlte jedoch nichts und Fix hatte lediglich eine Schramme abbekommen. Passepartout hingegen war verschwunden und die junge Frau weinte still vor sich hin.

Inzwischen hatten alle Fahrgäste die Waggons verlassen, die arg in Mitleidenschaft gezogen worden waren. Alles war blutbefleckt, viele Bänke waren zertrümmert, die Polsterung hing in Fetzen herab.

Herr Fogg stand unbeweglich und mit verschränkten Armen da. Er musste eine schwierige Entscheidung treffen. Frau Aouda stand neben ihm und blickte stumm zu ihm auf. Er verstand, was sie sagen wollte. Wenn sein Diener von den Indianern verschleppt worden war, musste er dann nicht alles tun, um ihn zu befreien?

»Ich finde ihn, tot oder lebendig«, sagte er.

»Ach, Herr Fogg«, sagte die junge Frau und ergriff seine Hände.

»Lebendig!«, ergänzte er. »Wenn wir nicht eine Minute verlieren!«

Mit diesem Entschluss gab Phileas Fogg sich und seine

Pläne auf. Er hatte gerade seinen Ruin verkündet. Denn auch nur ein Tag Verspätung bedeutete, dass er das Schiff in New York versäumen und seine Wette endgültig verlieren würde. Doch er dachte nur an seine Pflicht und zögerte keine Sekunde, sie zu tun.

Er wandte sich an den Kommandanten von Fort Kearney und teilte ihm mit, dass drei Personen verschwunden seien.

»Tot?«, fragte dieser.

»Tot oder verschleppt«, erwiderte Phileas Fogg. »Wollen Sie die Sioux nicht verfolgen?«

»Das ist nicht so einfach«, sagte der Hauptmann. »Sie könnten über den Arkansas River fliehen. Und ich darf das Fort nicht verlassen.«

Drei Menschenleben stünden auf dem Spiel, erinnerte ihn Herr Fogg. Und es sei seine Pflicht als Fortkommandant, den Entführten zu Hilfe zu eilen. Worauf dieser ihm erklärte, er könne unmöglich fünfzig Menschenleben riskieren, um vielleicht drei zu retten. Und außerdem brauche ihm niemand zu sagen, was seine Pflicht sei.

»Dann gehe ich eben allein«, sagte Herr Fogg.

»Sie wollen ganz allein die Indianer verfolgen?«, rief Fix.

»Wollen Sie, dass ich den im Stich lasse, dem alle hier ihr Leben verdanken? Ich jedenfalls gehe.«

»Und nicht allein!«, rief plötzlich der Hauptmann, tief beeindruckt von so viel Mut. Er wandte sich an seine Soldaten: »Dreißig Freiwillige!« Die ganze Kompanie von hundert Mann trat vor. Er wählte dreißig aus und ein erfahrener Sergeant stellte sich an ihre Spitze.

»Danke, Herr Hauptmann«, sagte Phileas Fogg.

»Gestatten Sie, dass ich Sie begleite?«, fragte Fix.

»Wenn es Ihnen beliebt«, sagte Herr Fogg. »Doch wenn Sie mir einen Dienst erweisen wollen, dann bleiben Sie, für den Fall, dass mir etwas geschehen sollte, bei Frau Aouda.«

Der Inspektor erbleichte. Sich jetzt von diesem Mann zu trennen, den er so hartnäckig verfolgt hatte und der dabei war, sich in ein solches Wüstenabenteuer zu stürzen! Er sah ihn an. Doch vor Herrn Foggs ruhiger Bestimmtheit senkte er den Blick.

»Gut«, sagte er. »Ich bleibe hier.«

Phileas Fogg drückte Frau Aouda die Hand und vertraute ihr die kostbare Reisetasche an. Dann machte er sich mit dem Sergeanten und dem kleinen Trupp auf den Weg. Vorher rief er den Männern noch zu, dass ihnen eine Belohnung von tausend Pfund winke, falls es ihnen gelänge, die Entführten zu befreien.

Es war kurz nach Mittag.

Frau Aouda hatte sich in ein Zimmer im Stationshaus zurückgezogen. Sie dachte an Phileas Fogg. An seine Hochherzigkeit und seinen Mut. Und an die unerschütterliche Entschlossenheit, mit der er niemals gezögert hatte, das zu tun, was seiner Ansicht nach getan werden musste. In ihren Augen war Phileas Fogg ein Held.

In den Augen des Kriminalinspektors, der ebenfalls an ihn dachte, war er das allerdings nicht. Fix rannte unruhig auf und ab. Erst nachdem er ihn hatte ziehen lassen, begriff er den Fehler, den er gemacht hatte. Natürlich würde Fogg inzwischen längst über ihn Bescheid wissen und die

Gelegenheit zur Flucht beim Schopf ergreifen! Und er ließ ihn einfach laufen! Wie hatte er sich nur so von der Idee dieses Gauners faszinieren lassen können? Wie hatte er nur so dumm sein können?

Die Stunden verrannen und manchmal fühlte er sich versucht, Frau Aouda alles anzuvertrauen. Aber wie würde sie es aufnehmen? Und Herrn Foggs Spuren verfolgen konnte er auch nicht mehr, weil es wieder heftiger zu schneien begonnen hatte. Mutlos geworden verspürte er größte Lust, den nächsten Zug nach Osten zu nehmen und die ganze Sache zu vergessen.

Gegen zwei Uhr am Nachmittag, als der Schnee immer dichter fiel, hörte man plötzlich ein Pfeifen, das sich aus Osten näherte, obwohl kein Zug aus dieser Richtung erwartet wurde. Es war die Lokomotive, die Passepartout abgekoppelt hatte und die mit dem ohnmächtigen Heizer und Lokführer bei höchster Geschwindigkeit weitergerast war. Ungefähr zwanzig Meilen hinter Fort Kearney war sie schließlich zum Stehen gekommen.

Als sich die beiden allein und ohne Zug mitten in der Prärie wiederfanden, hatten sie sofort begriffen, was passiert war und waren unverzüglich zu ihrem Zug zurückgekehrt, obwohl es unter diesen Umständen vielleicht klüger gewesen wäre, nach Omaha weiterzufahren.

Die Reisenden waren überaus froh, als die Lokomotive wieder an den Zug angekoppelt wurde und sie ihre Reise fortsetzen konnten.

Frau Aouda wandte sich an den Schaffner, der ihr mitteilte, dass man sofort weiterfahren werde, weil man ohnedies bereits drei Stunden Verspätung habe. Leider könne man auf die unglücklichen Mitreisenden, die verschleppt worden waren, nicht warten.

»Und wann kommt der nächste Zug aus San Francisco?«

»Morgen Abend, Madame.«

»Aber dann ist es schon zu spät! Wir müssen auf sie warten ...«

»Unmöglich. Wenn Sie fortmüssen, dann steigen Sie bitte jetzt ein.«

»Ich bleibe«, sagte die junge Frau.

Fix hatte diese Unterhaltung mit angehört. Erst wenige Minuten vorher war er entschlossen gewesen, diesen Ort bei nächster Gelegenheit zu verlassen. Aber jetzt, wo sich die Möglichkeit dazu bot, kämpfte er aufs Neue mit sich, begann der Misserfolg an ihm zu nagen, und er beschloss zu bleiben.

Mittlerweile hatten sich die Fahrgäste, darunter auch der schwer verwundete Colonel Proctor, wieder in den Zug begeben. Der Dampfkessel summte, Dampf und Rauch quollen in dichten Wolken aus dem Schornstein, der Lokführer ließ einen Pfiff ertönen, der Zug setzte sich rasch in Bewegung und war bald danach nur noch ein kleiner Punkt im Schnee.

Einige Stunden vergingen. Es war sehr kalt. Fix saß auf einer Bank im Stationsgebäude und sah aus, als ob er schliefe. Frau Aouda ging am Gleis auf und ab und versuchte immer wieder, im dichten Schneetreiben etwas zu erkennen. Sie war schon völlig durchnässt und halb erfroren. Es wurde Abend. Der Trupp war noch nicht zurück. Wo mochte er sein? Hatte er die Indianer eingeholt? War es zu Kämpfen gekommen oder irrten die Soldaten im Schneesturm umher? Auch der Hauptmann war in Sorge, obwohl er sich äußerlich nichts anmerken ließ.

In der Nacht ließ der Schneefall etwas nach. Es war totenstill. Kein Laut, weder von Mensch noch Tier, war zu vernehmen. Frau Aouda starb fast vor Angst. Fix rührte sich nicht vom Fleck und wechselte nur einmal ein paar Worte mit einem Amerikaner, der ihn angesprochen hatte.

Am Morgen schob sich eine blasse, vom Dunst verhüllte Sonne über den Horizont, trotzdem konnte man kaum zwei Meilen weit sehen. Phileas Fogg und die Soldaten waren nach Süden gegangen. Es war sieben Uhr morgens und in südlicher Richtung war absolut nichts zu erkennen.

Der Hauptmann war ratlos. Sollte er einen Spähtrupp hinterherschicken? Er winkte einen Leutnant herbei und wollte ihm gerade den entsprechenden Befehl erteilen, als in der Nähe zwei Schüsse abgefeuert wurden. Die Soldaten stürzten aus dem Fort. Was hatte das zu bedeuten?

Eine halbe Meile entfernt näherte sich der Trupp in ordentlicher Formation.

Phileas Fogg ging voran. Ihm folgten Passepartout und die beiden anderen Reisenden, die den Händen der Indianer entrissen worden waren.

Zehn Meilen südlich von Kearney war es zum Kampf gekommen. Und als sein Herr mit den Soldaten eintraf, waren drei Gegner durch die Faust Passepartouts bereits zu Boden gegangen.

Alle wurden mit Freudengeschrei empfangen. Herr

Fogg verteilte die versprochene Belohnung an die Soldaten, während Passepartout sich nicht ohne Grund sagte, dass er langsam damit aufhören müsse, seinen Herrn soviel Geld zu kosten.

Fix sagte gar nichts. Er starrte Phileas Fogg an und es wäre schwierig gewesen, in seinen Gedanken zu lesen. Frau Aouda nahm Herrn Foggs Hand zwischen die ihren und brachte kein Wort heraus.

Indessen suchte Passepartout den Zug, damit sie sofort einsteigen könnten. »Der Zug, der Zug!«, rief er.

»Der ist weg«, sagte Fix.

»Und wann fährt der nächste?«, fragte Phileas Fogg.

»Heute Abend.«

»Aha«, entgegnete der Gentleman.

Gemäß seinem Zeitplan hatte Phileas Fogg zwanzig Stunden Verspätung und Passepartout, der unfreiwillige Grund dafür, war völlig verzweifelt. Fix trat auf Herrn Fogg zu, blickte ihm direkt ins Gesicht und fragte:

»Sie haben es also wirklich sehr eilig?«

»Ja.«

»Sie möchten am 11. tatsächlich in New York sein«, insistierte Fix, »um vor neun Uhr abends das Schiff nach Liverpool zu erreichen? Und wenn Ihre Reise durch diesen Indianerüberfall nicht unterbrochen worden wäre, wären Sie am Morgen des 11. in New York angekommen und hätten noch zwölf Stunden Zeit gehabt, sich auf dem Dampfer einzuschiffen?«

»Richtig.«

»Sie haben zwanzig Stunden Verspätung. Die Differenz zwischen zwölf und zwanzig ist acht. Sie müssten also acht Stunden wieder hereinholen. Wollen Sie es versuchen?«

»Zu Fuß?«, fragte Phileas Fogg.

»Nein, in einem Schlitten. Einem Segelschlitten. Ich habe davon gehört.« Damit deutete Fix auf den Mann, mit dem er in der vergangenen Nacht gesprochen hatte. Herr Fogg ging auf ihn zu und danach mit ihm gemeinsam zu einer Hütte am Ende des Forts.

Dort stand ein seltsames Gefährt, eine Art Gestell auf zwei langen Holzträgern, die vorne wie die Kufen eines Schlittens nach oben gebogen waren. Fünf oder sechs Personen konnten darin Platz finden. Vorne hatte dieses Ding einen Mast mit einem riesigen Segel und hinten ein Steuerruder. Der Mast war mit Stahlseilen befestigt, zwischen die noch ein großes Stagsegel gespannt war. Dieses Vehikel war, wie man sich vorstellen konnte, ein Segelschlitten.

Im Winter, wenn die Prärie gefroren war und es vorkam, dass die Züge im Schnee stecken blieben, dann kamen diese Schlitten zum Einsatz, die bei Rückenwind wesentlich schneller zwischen den Stationen verkehrten als der Expresszug.

In nur wenigen Minuten waren sich Phileas Fogg und der Schlittenbesitzer, ein Amerikaner namens Mudge, handelseinig. Der Wind wehte günstig, er kam von Westen, der Schnee war gefroren und Mudge versicherte, Herr Fogg könne in wenigen Stunden in Omaha sein, von wo aus häufig Züge nach New York fuhren.

Phileas Fogg, der sie nicht den Strapazen einer solchen Fahrt in eisiger Kälte und bei schneidendem Wind aussetzen wollte, bot Frau Aouda an, in Begleitung von Passepartout den nächsten Zug abzuwarten und auf bequemere Weise nach Europa zu reisen. Doch sie lehnte es ab, sich von Herrn Fogg zu trennen, und Passepartout war ihr sehr dankbar dafür. Denn um nichts in der Welt hätte er seinen Herrn im Stich gelassen, zumal er ja wusste, dass Fix ihn begleiten würde.

Wobei wir nicht genau wissen, was wirklich im Kopf des Kriminalinspektors vor sich ging. Hatte er seine Meinung über ihn geändert, nachdem Phileas Fogg zurückgekommen war? Oder hielt er ihn nun erst recht für einen durchtriebenen Gauner, der sich nach seiner Reise um die Welt in England absolut sicher fühlen würde? Jedenfalls wollte er nach wie vor alles daran setzen, Foggs Rückkehr nach England zu beschleunigen.

Gegen acht Uhr war der Schlitten abfahrbereit. Die Fahrgäste, die man eigentlich als Passagiere bezeichnen konnte, nahmen Platz und hüllten sich in Decken ein. Der Schlitten fuhr los und glitt mit vierzig Meilen pro Stunde dahin. Die direkte Entfernung zwischen Fort Kearney und Omaha, oder, wie die Amerikaner sagen, *as the crow flies,* beträgt höchstens zweihundert Meilen, die man bei diesem Tempo und bei günstigem Wind in fünf Stunden bewältigen konnte.

Doch was für eine Fahrt! Die Reisenden saßen dicht aneinandergedrängt und konnten vor Kälte und Wind kein Wort miteinander wechseln. Der Schlitten glitt über die Prärie wie ein Boot über das Wasser, und wenn der Wind dicht über die Erde fegte, dann schienen die Segel sich in Flügel zu verwandeln und der Schlitten der Sonne entgegenzufliegen. Mudge steuerte geradeaus und brachte das Ruder immer wieder auf Kurs, wenn der Schlitten davon abzuweichen drohte. Die Segel hielten dem Druck stand.

»Wenn nichts kaputtgeht«, sagte Mudge, »dann schaffen wir es.« Und sein Interesse daran war genauso groß wie das seiner Passagiere, denn auch ihm hatte Herr Fogg für das rechtzeitige Eintreffen eine hohe Belohnung versprochen.

Die Prärie, die der Schlitten schnurgerade durchquerte, war eine endlose, flache Ebene und glich einem gefrorenen Meer. Die Eisenbahn folgte den Biegungen des Platte River, die der Schlitten vermied. Dadurch wurde der Weg erheblich verkürzt. Auch die Überquerung des Flusses bedeutete keine Erschwernis, da er ja zugefroren war. Phileas Fogg hatte also nur zwei mögliche Hindernisse zu fürchten: Eine Panne und ein Abflauen oder Umspringen des Windes.

Doch der Wind flaute nicht ab. Im Gegenteil. Er heulte und pfiff so stark, dass die Stahlseile, die Masten und Segel hielten, wie Instrumente klangen. In einer seltsam dichten, harmonischen Klage flog der Schlitten dahin.

»Die Seile spielen Quinten und Oktaven«, sagte Herr Fogg. Es waren die einzigen Worte, die er während der gesamten Fahrt von sich gab. Frau Aouda, sorgfältig in Decken und Pelze eingepackt, war weitgehend vor der Kälte geschützt.

Passepartout, das Gesicht rot glühend, genoss die scharfe, kalte Luft. Mit dem ihm eigenen unerschütterlichen Optimismus hatte er wieder Hoffnung geschöpft.

Statt am frühen Morgen träfe man eben am Nachmittag in New York ein, doch die Chancen standen gut, dass dies noch rechtzeitig vor Ablegen des Schiffes nach Liverpool sein würde. Passepartout hatte sogar große Lust verspürt, Fix die Hand zu drücken, seinem Verbündeten, der ja schließlich diesen Segelschlitten und damit die einzige Möglichkeit zur Weiterreise aufgetrieben hatte. Aber dann ließ er es doch lieber. Niemals jedoch würde er vergessen, welch großes Opfer Herr Fogg für ihn gebracht hatte.

Während nun die Reisenden ihren eigenen Gedanken nachhingen, sauste der Schlitten über diesen ungeheuren, sich in alle Weiten erstreckenden Schneeteppich. Sie nahmen es nicht einmal wahr, wenn Bäche oder sogar kleine Flüsse überquert wurden. Alles war unter einer einheitlichen weißen Decke verborgen. Die Prärie war vollkommen leer und verlassen. Kein Dorf, keine Bahnstation, nicht einmal ein Fort war zu sehen. Hin und wieder schossen sie wie ein Pfeil an Bäumen vorbei, die ihre kahlen Arme gespenstisch gen Himmel reckten. Dann und wann flog ein Schwarm wilder Vögel auf, ab und zu rannte ein Rudel ausgehungerter, heulender Wölfe mit dem Schlitten um die Wette. Passepartout hielt sich bereit, sofort zu schießen, falls einer von ihnen zu nahe käme. Wirklich gefährlich hätten die Wölfe ihnen werden können, falls es zu einem Unfall gekommen wäre. Doch dazu kam es nicht, und bald ließ der Schlitten die wilde Meute hinter sich.

Mittags erkannte Mudge an einigen Anzeichen, dass sie gerade den Platte River überquerten. Er sagte nichts, aber er war sicher, dass bis Omaha jetzt nur noch ungefähr zwanzig Meilen vor ihnen lagen. Und tatsächlich, es war noch nicht ein Uhr, als dieser geschickte Schlittenlenker das Ruder losließ und die Segel einholte, während der Schlitten noch eine halbe Meile dahinglitt, bis er langsam zum Stehen kam. Mudge wies auf eine Anzahl schneebedeckter Hausdächer:

»Da sind wir«, sagte er.

Sie waren angekommen! Angekommen an jenem wichtigen Knotenpunkt in Nebraska, der täglich durch viele Züge mit dem Osten der Vereinigten Staaten verbunden ist!

Passepartout und Fix sprangen aus dem Schlitten und streckten Arme und Beine aus, die völlig klamm und steif waren. Sie halfen Herrn Fogg und Frau Aouda beim Aussteigen. Phileas Fogg entlohnte Mudge großzügig, Passepartout schüttelte ihm die Hand wie einem Freund, und dann begaben sich die vier zum Bahnhof von Omaha. Sie hatten Glück. In letzter Minute konnten sie in einem abfahrbereiten Zug Platz nehmen, bevor dieser sich in Bewegung setzte. Von Omaha hatten sie nichts gesehen, was allerdings besonders Passepartout wenig ausmachte.

Der Zug fuhr sehr schnell. Er überquerte den Missouri und war im Bundesstaat Iowa, er kam nach Des Moines und nach Iowa City, in der Nacht überquerte er in Davenport den Mississippi nach Illinois und erreichte am nächsten Tag, es war der 10. Dezember, um vier Uhr nachmittags Chicago am schönen Michigansee, das sich von seinem verheerenden Brand im Oktober 1871 schon wieder erholt hatte.

Neunhundert Meilen liegen zwischen Chicago und

New York. Der Zugverkehr ist rege. Herr Fogg und seine Begleiter hatten sofort Anschluss und bestiegen einen Zug der »Pittsburgh-Fort Wayne-Chicago Railroad«, der so schnell dahinraste, als ob der Lokführer gewusst hätte, dass der ehrenwerte Gentleman keine Zeit verlieren durfte. Wie ein Pfeil schoss er durch die Staaten Indiana, Ohio, Pennsylvania, New Jersey, kam an Städten mit antiken Namen vorbei, in denen es bereits Straßen gab und Straßenbahnen, aber noch keine Häuser. Schließlich kam der Hudson in Sicht, und am 11. Dezember, eine Viertelstunde vor Mitternacht, fuhr der Zug in den Bahnhof ein, der direkt am Hafen liegt, gleich neben dem Pier der Cunard-Linie, wo die Überseedampfer nach Europa ablegen.

Doch die *China* mit Zielhafen Liverpool war vor fünfundvierzig Minuten in See gestochen.

Und damit schien sie Phileas Foggs letzte Hoffnung mit an Bord genommen zu haben. Denn kein anderes Schiff, das direkt zwischen Amerika und Europa verkehrte, sei es ein französisches, eines der »White-Star-Linie« oder eines der »Hamburg-Amerika-Linie«, konnte seinen Zwecken dienlich sein. Die *Pereire* der französischen Transatlantik-Linie – deren Überseedampfer allen anderen an Geschwindigkeit gleich sind und sie samt und sonders an Komfort bei Weitem überragen – fuhr erst am 14. Dezember. Außerdem fuhr sie, ebenso wie die Schiffe der Hamburg-Amerika-Linie, weder nach Liverpool noch nach London, sondern nach Le Havre und von dort nach Southampton.

All diese Informationen entnahm Herr Fogg seinem *Bradshaw.* Passepartout war völlig zerschmettert. Der Gedanke, den Dampfer um fünfundvierzig Minuten versäumt zu haben, brachte ihn fast um. Alles war nur seine Schuld! Statt seinem Herrn die größte Hilfe zu sein, war er nach und nach zu seinem größten Hindernis geworden und konnte sich nur noch selbst verwünschen.

Herr Fogg indessen machte ihm keinerlei Vorwürfe, sondern sagte beim Verlassen des Piers nur:

»Morgen sehen wir weiter. Kommen Sie.«

Herr Fogg, Frau Aouda, Fix und Passepartout überquerten den Hudson im Jersey City Ferry Boat und nahmen dann einen Fiaker, der sie zum Hotel Nicolas am Broadway brachte, wo Zimmer für sie bereitstanden. Phileas Fogg schlief tief und fest, die anderen hingegen taten kein Auge zu.

Am folgenden Morgen verließ Herr Fogg allein das Hotel und ließ Frau Aouda durch Passepartout mitteilen, sie möge sich reisebereit halten. Es war der 12. Dezember. Bis zur Einlösung seiner Wette am 21. blieben dem Gentleman noch neun Tage, dreizehn Stunden und fünfundvierzig Minuten. Wäre er am Vorabend mit der *China* gereist, dann hätte er noch fristgerecht in London ankommen können.

Herr Fogg begab sich zum Hudson und hielt aufmerksam nach Schiffen Ausschau, die abfahrbereit waren. An einigen flatterte bereits der Blaue Peter und signalisierte ihre Ausreise. Doch bei den meisten handelte es sich um Segelschiffe, und die nutzten Herrn Fogg nichts. Dann entdeckte er ein Handelsschiff, einen Dampfer, der Rauchwolken ausstieß, und damit seine bevorstehende Abfahrt ankündigte. Phileas Fogg ließ sich in einem Mietkahn zu dem Schiff rudern. Es hieß *Henrietta.* Der Kapitän befand sich an Bord und Phileas Fogg begab sich umgehend zur Brücke. Dort sah er einen Mann von ungefähr fünfzig Jahren, Marke alter Seebär, mit rotem Haar und rotem Gesicht, dem man ansah, dass er in feiner Gesellschaft nichts verloren hatte.

»Sind Sie der Kapitän?«

»Ja.«

»Ich bin Phileas Fogg aus London.«

»Und ich Andrew Speedy aus Cardiff.«

Herr Fogg fragte den Kapitän, wann er abzulegen gedenke. In einer Stunde, lautete die Antwort. Aber das Schiff, das zwischen elf und zwölf Knoten machte, war ein reines Frachtschiff und beförderte niemals Passagiere.

»Können Sie mich nach Liverpool bringen, mich und drei andere Personen?«

»Nach Liverpool? Warum nicht gleich nach China?«

»Ich sagte Liverpool.«

»Nein. Ich bin nämlich auf dem Weg nach Bordeaux.«

»Um keinen Preis nach Liverpool?«

»Um keinen Preis.«

»Aber die Reederei …«

»Die Reederei bin ich. Die *Henrietta* gehört mir.«

»Ich heuere sie.«

»Nein.«

»Ich kaufe sie.«

»Nein.«

Die Situation war ernst, aber Phileas Fogg verzog keine

Miene. New York war nicht Hongkong, und der Kapitän der *Henrietta* war nicht der Kapitän der *Tankadère*. Er musste sich etwas einfallen lassen, und das tat er.

»Nun gut. Nehmen Sie mich mit nach Bordeaux?«

»Nein. Und wenn Sie mir zweihundert Dollar bieten.«

»Ich biete Ihnen zweitausend.«

»Pro Person?«

»Pro Person.«

»Und ihr seid vier?«

»Wir sind vier.«

Kapitän Speedy kratzte sich am Schädel. Und dann entschied er, dass vier Passagiere zu je zweitausend Dollar keine Passagiere mehr sind, sondern eine kostbare Fracht.

»Um neun Uhr lege ich ab. Und wenn Sie und die anderen bis dahin da sind …«

»Um neun Uhr sind wir an Bord«, sagte Herr Fogg.

Es war halb neun. Ohne Hast begab sich der Gentleman ins Hotel zurück, holte Frau Aouda, Passepartout und auch den anhänglichen Fix, und als die *Henrietta* ablegte, befanden sich alle an Bord. Als Passepartout den Preis hörte, entfuhr ihm ein gedehntes »Oh!«, und Fix rechnete nach, dass die Bank von England nicht ungeschoren davonkommen würde, denn Herr Fogg hatte inzwischen schon über siebentausend Pfund vom geraubten Geld ausgegeben!

Eine Stunde später glitt der Dampfer an Long Island vorüber und erreichte bald das offene Meer. Am Mittag des folgenden Tages, es war der 13. Dezember, betrat ein

Mann die Brücke und übernahm das Kommando. Man hätte meinen können, dass es Kapitän Speedy war. Doch der war es nicht. Es war Phileas Fogg. Der Kapitän war in seiner Kabine eingeschlossen und brüllte sich vor Wut heiser.

Die ganze Geschichte war sehr einfach. Phileas Fogg wollte nach Liverpool, wohin der Kapitän ihn nicht bringen wollte. Also hatte Phileas Fogg die Passage nach Bordeaux akzeptiert und in den dreißig Stunden, die er jetzt auf dem Schiff war, die gesamte, etwas bunt zusammengewürfelte Mannschaft mit seinen Banknoten bestochen. Und jetzt kommandierte er die *Henrietta* in Richtung Liverpool. Wobei seine Kommandos klar erkennen ließen, dass Herr Fogg sich in diesen Dingen auskannte.

Natürlich sorgte sich Frau Aouda jetzt erst recht, ohne es jedoch zu sagen. Fix war völlig verblüfft und Passepartout fand die ganze Sache einfach großartig.

Zwischen elf und zwölf Knoten sollte die *Henrietta* machen, und das tat sie auch. Wenn jetzt – wie viele »Wenns« es doch gab! – die See ruhig blieb, der Wind nicht von Osten wehte, das Schiff keinen Maschinenschaden hatte, dann konnten die dreitausend Meilen zwischen New York und Liverpool in neun Tagen zurückgelegt werden. Allerdings könnte sich bei der Ankunft herausstellen, dass Herrn Fogg aus all dem mehr Unannehmlichkeiten erwuchsen, als ihm lieb sein würde.

Die Fahrt ging zügig voran und Passepartout war begeistert von diesem Streich seines Herrn, dessen mögliche Konsequenzen er lieber nicht bedachte. Er tat jedem jeden Gefallen, amüsierte die Leute mit seiner Akrobatik und steckte das ganze Schiff mit seiner guten Laune an. Alle Gefahren und Schwierigkeiten der letzten Monate waren vergessen, er sah nur noch das zum Greifen nahe Ziel vor sich. Mit Fix hingegen sprach er kein Wort mehr.

Der übrigens wusste überhaupt nicht mehr, was er von dem Ganzen halten sollte! Dass dieser Fogg das Kommando der *Henrietta* an sich gerissen hatte, das Schiff zu kommandieren und die Mannschaft zu bestechen verstand, all das war zu viel für ihn. Andererseits, warum sollte ein Mann, der mit einem Bankraub von fünfundfünfzigtausend Pfund begonnen hatte, zum Schluss nicht ein Schiff kapern? Wobei Fix davon überzeugt war, dass die *Henrietta* beileibe nicht nach Liverpool, sondern an irgendeinen Ort der Welt dirigiert wurde, an dem der Gauner sich in Ruhe niederlassen konnte.

Was Kapitän Speedy betraf, so brüllte der nach wie vor in seiner Kabine herum, und Passepartout, dessen Aufgabe es war, ihn zu versorgen, achtete höllisch darauf, ihm nicht zu nahe zu kommen. Phileas Fogg hingegen schien völlig vergessen zu haben, dass dieses Schiff auch noch einen Kapitän hatte.

Als sie die Fischereigebiete vor Neufundland passierten, geriet der Dampfer in die dort besonders im Winter berüchtigten, gefährlichen Nebelzonen. Das Barometer fiel, der Wind wurde stärker und sprang um auf Südost. Herr Fogg musste die Segel reffen und den Dampf erhöhen, trotzdem wurde das Schiff langsamer, denn der Wind steigerte sich zum Orkan. Passepartouts Miene verdüsterte sich zusehends, doch Phileas Fogg fuhr nicht zum ersten Mal zur See, und er hielt den Kurs, ohne die Fahrt zu drosseln. Passepartout schöpfte wieder Hoffnung und verließ sich auf die Kraft der Kessel.

Am 16. Dezember waren seit der Abreise fünfundsiebzig Tage vergangen und die *Henrietta* befand sich noch einigermaßen im Zeitplan. Die Hälfte der Fahrt lag hinter ihr und die gefährlichsten Klippen hatten sie umschifft. Als der Heizer auf der Brücke erschien, um mit Herrn Fogg zu sprechen, spürte Passepartout trotzdem eine gewisse Beunruhigung.

»Sind Sie sicher?«, fragte Phileas Fogg.

»Ganz sicher. Sie dürfen nicht vergessen, dass wir seit unserer Abfahrt volle Kraft voraus feuern. Wir hatten zwar genügend Kohle an Bord, um bei üblichem Dampf von New York nach Bordeaux zu kommen, aber nicht, um mit Volldampf von New York nach Liverpool zu fahren!«

»Ich verstehe«, sagte Herr Fogg.

Auch Passepartout hatte verstanden. Die Kohle ging aus! »Wenn es meinem Herrn gelingt, auch diese Situation zu meistern«, sagte er sich, »dann ist er wirklich ein besonderer Mensch!« Als er Fix entdeckte, konnte er sich nicht zurückhalten, ihn über die Lage zu informieren.

»Haben Sie etwa geglaubt, dass wir nach Liverpool fahren?«

»Selbstverständlich!«

»Trottel«, meinte Fix und wandte sich achselzuckend ab. Passepartout verstand nicht ganz, warum er so bezeichnet wurde. Aber er sagte sich, der Inspektor sei vermutlich enttäuscht, weil er einer falschen Spur gefolgt sei, und sah deshalb großzügig über diese Beleidigung hinweg.

Und was tat Phileas Fogg?

Am Abend ließ er den Heizer rufen und sagte nur: »Feuern Sie volle Kraft voraus, bis kein Stück Kohle mehr da ist.« Kurz danach quollen dichte schwarze Wolken aus dem Schornstein des Schiffes.

Zwei Tage später, es war der 18., erklärte der Heizer, dass gerade die letzte Kohle verfeuert werde. Phileas Fogg informierte sich über die Position des Schiffes, rief Passepartout und befahl ihm, Kapitän Speedy aus seiner Kabine zu befreien und auf die Brücke zu holen. Passepartout tat vorsichtig, wie ihm geheißen, der Kapitän schoss hervor und donnerte wie eine Bombe auf die Brücke.

»Wo sind wir?«, schrie er mit hochrotem Gesicht.

»Siebenhundertsiebzig Meilen von Liverpool entfernt«, antwortete Herr Fogg ruhig. »Ich habe Sie rufen lassen …«

»Seeräuber! Pirat!«

»… um Sie zu bitten, mir Ihr Schiff zu verkaufen.«

»Niemals!«

»Ich bin nämlich gezwungen, es zu verbrennen.«

»Mein Schiff verbrennen!«

»Ja. Zumindest den oberen, brennbaren Teil. Die Kohle ist ausgegangen.«

»Ein Schiff, das fünfzigtausend Dollar wert ist? Einfach verbrennen?«

»Hier haben Sie sechzigtausend«, sagte Phileas Fogg und hielt ihm ein Bündel Banknoten hin.

Das hatte eine gewisse Wirkung auf Kapitän Speedy. Er vergaß seine Wut. Immerhin war sein Schiff bereits zwanzig Jahre alt.

»Ich behalte Rumpf und Maschinen?«

»Ja. Sind Sie einverstanden?«

»Einverstanden.«

Andrew Speedy schob das Geldbündel in die Tasche, Passepartout stand mit leerem Gesicht da und Fix entging gerade noch einem Schlaganfall.

Geduldig erklärte Phileas Fogg noch einmal die Motive für sein Handeln. Andrew Speedy hörte ihm zu und beglückwünschte sich selbst zu diesem guten Geschäft. Und dann meinte er:

»Wissen Sie, Kapitän …«

»Fogg …«

»Also, Kapitän Fogg, Sie haben etwas von einem Yankee an sich.«

Und nach diesem vermeintlichen Kompliment gehörte das Schiff Herrn Fogg. Das heißt alles, vom Kiel über die Deckplanken bis zum Masten, was sich verfeuern ließ. Die Mannschaft riss heraus, hackte, sägte. Passepartout legte sich für zehn ins Zeug.

Am Morgen des 20. kam die irische Küste in Sicht, aber am Abend waren sie erst auf der Höhe von Queenstown, als ihnen das Holz ausging. Um in den Hafen einzufahren, mussten sie bis zur Flut warten. Phileas Fogg blieben noch vierundzwanzig Stunden, um rechtzeitig in London zu sein. Doch genau so viel Zeit würde die *Henrietta* brauchen, um bis Liverpool zu kommen. Herr Fogg entschied sich, die Flut abzuwarten.

Queenstown ist ein irischer Hafen, in dem die Überseedampfer ihre Postsäcke ausladen. Dort kommen sie auf Expresszüge nach Dublin und dann mit besonders schnellen Dampfern nach Liverpool, die den üblichen Schiffen ungefähr zwölf Stunden voraus sind. Diese letzte Chance wollte Phileas Fogg nutzen.

Als sie im Hafen von Queenstown anlegten, verließen die Passagiere hastig die *Henrietta* und eilten zum Bahnhof, wobei Fix, und kein Mensch weiß warum, Herrn Fogg nicht auf der Stelle verhaftete. Hatte er am Ende doch seine Meinung geändert? Er blieb ihm aber auf den Fersen.

Am 21. Dezember, um elf Uhr vierzig vormittags, stand Phileas Fogg endlich am Pier von Liverpool und war noch sechs Stunden von London entfernt.

In dem Moment legte Inspektor Fix ihm die Hand auf die Schulter.

»Sind Sie Herr Phileas Fogg?«

»Der bin ich.«

»Im Namen der Königin: Sie sind verhaftet.«

9

Phileas Fogg sass im Gefängnis. Man hatte ihn in der Zollwache eingesperrt, von wo aus er nach London überführt werden sollte. Als er verhaftet wurde, wollte Passepartout sich auf den Inspektor stürzen und musste von zwei Polizisten zurückgehalten werden. Frau Aouda, völlig entsetzt und gänzlich uneingeweiht, verstand natürlich überhaupt nichts, bis Passepartout ihr die Situation erklärte. Der Gedanke, man könne Herrn Fogg eines solchen Verbrechens verdächtigen, empörte die junge Frau zutiefst. Und als sie begriff, dass sie nichts tun konnte, um ihrem Retter beizustehen, rannen ihr Tränen der Verzweiflung über die Wangen.

Was Fix betraf, so hatte er seinen Auftrag erfüllt, den Gentleman zu verhaften. Über dessen Schuld oder Unschuld mussten nun die Gerichte befinden.

Passepartout kam plötzlich der schreckliche Gedanke, dass allein er der Grund für das ganze Unglück war. Warum hatte er Herrn Fogg sein Abenteuer mit Fix verschwiegen? Warum hatte er ihm nicht gesagt, wer der Mann in Wirklichkeit war? Und stattdessen zugeschaut, wie dieser auf Kosten seines Herrn um die halbe Welt reiste? Nur um ihn dann bei erster Gelegenheit zu verhaften? Und vor lauter Wut über seine eigene Dummheit musste er so sehr weinen, dass er kaum noch etwas sehen konnte. Am liebsten wäre er mit dem Kopf gegen die Wand gerannt.

Trotz der Kälte waren er und Frau Aouda im Säulengang des Zollgebäudes geblieben. Sie wichen nicht von der Stelle. Sie wollten Herrn Fogg noch einmal sehen.

Was den Gentleman betrifft, so war er nun gebührend ruiniert, und das in dem Augenblick, an dem er sein Ziel fast erreicht gehabt hatte. Diese Verhaftung ließ sich nicht wiedergutmachen. Wenn in diesem Augenblick jemand den Raum betreten hätte, dann hätte er Herrn Fogg auf einer Holzbank sitzen sehen, ruhig und unerschütterlich wie immer. Vielleicht ein wenig resigniert, doch auch dieser letzte Schlag schien ihn nicht wirklich zu treffen. Zumindest merkte man ihm äußerlich nichts an. Er wartete. Und niemand weiß, was oder woran er dachte.

Er legte seine Taschenuhr auf einen Tisch und verfolgte schweigend das Ticken ihrer Zeiger. Seine Situation schien ausweglos. Dachte er an Flucht? Man hätte es meinen können, denn einmal stand er auf und inspizierte den Raum. Doch die Tür war versperrt, die Fenster vergittert. Also setzte er sich wieder hin und zog sein Reisetagebuch aus der Tasche. Dann fügte er der Eintragung

»21. Dezember, Samstag, Liverpool« die Worte

»80ster Tag, 11 Uhr 40 vormittags« hinzu und wartete weiter.

Die Uhr der Zollwache schlug eins. Herr Fogg stellte fest, dass seine Taschenuhr zwei Minuten vorging.

Zwei Uhr! Wenn er jetzt einen Expresszug bestiege, könnte er noch vor acht Uhr fünfundvierzig am Abend in London im Reform-Klub sein.

Um zwei Uhr dreiunddreißig drang Lärm von draußen zu ihm herein. Man hörte die Stimmen von Passepartout und Fix. Dann wurde die Tür aufgerissen und Frau Aouda, Passepartout und Fix stürzten herein.

Der Kriminalinspektor war völlig außer Atem und ganz zerzaust. »Mein Herr«, stammelte er, »mein Herr … eine beklagenswerte Ähnlichkeit … Verzeihung … Dieb vor drei Tagen verhaftet … Sie sind frei!«

Phileas Fogg war frei!

Er stellte sich vor den Inspektor hin und sah ihm ins Gesicht. Und dann, mit der ersten und letzten schnellen und heftigen Bewegung seines Lebens, riss er die Arme nach hinten und ließ seine Fäuste auf den unglücklichen Inspektor niederprasseln.

»Volltreffer!«, schrie Passepartout begeistert.

Fix war zu Boden gegangen und steckte die wohlverdienten Prügel ein. Herr Fogg, Frau Aouda und Passepartout verließen das Zollgebäude, sprangen in einen Mietwagen und waren wenige Minuten später am Bahnhof von Liverpool.

Es war zwei Uhr vierzig. Phileas Fogg fragte, ob es einen Expresszug gäbe. Doch der hatte den Bahnhof vor fünfunddreißig Minuten verlassen. Phileas Fogg bestellte einen Sonderzug, der allerdings nicht vor drei Uhr abfahrbereit sein würde. Um drei Uhr, nachdem Herr Fogg einige Worte bezüglich einer Erfolgsprämie mit dem Lokführer gewechselt hatte, setzte sich der Zug mit ihm, Frau Aouda und seinem treuen Diener in Richtung London in Bewegung.

Es galt, die Strecke in fünfeinhalb Stunden zu bewältigen, was bei völlig freier Strecke machbar ist. Doch die Strecke war nicht völlig frei. Immer wieder kam es zu kleinen Verzögerungen. Als der Gentleman im Bahnhof von London eintraf, zeigten sämtliche Londoner Uhren acht Uhr fünfzig an. Phileas Fogg, nachdem er die ganze Welt umrundet hatte, kam fünf Minuten zu spät.

Er hatte die Wette verloren.

Am Tag darauf wären die Anwohner der Saville Row erstaunt gewesen, wenn sie erfahren hätten, dass Herr Fogg in sein Domizil zurückgekehrt war, denn keinerlei Anzeichen ließ darauf schließen, alle Türen und Fenster waren verschlossen.

Phileas Fogg hatte Passepartout aufgetragen, die notwendigen Einkäufe zu tätigen und war nach Hause gefahren. Mit der ihm eigenen Ruhe hatte er den furchtbaren Schlag hingenommen. Er war ruiniert. Und das nur, weil ein vertrottelter Kriminalinspektor sich geirrt hatte! Tausend Hindernisse hatte er überwunden, tausend Gefahren getrotzt und unterwegs sogar noch die Zeit gefunden, Gutes zu tun! Um dann, schon im Heimathafen, an einer Sache zu scheitern, die er weder vorhersehen noch beeinflussen konnte. Schrecklich! Von dem vielen Geld, das er mitgenommen hatte, war nur noch ein unbedeutender Rest übrig. Sein Vermögen bestand jetzt aus jenen zwanzigtausend Pfund, die er bei den Gebrüdern Baring deponiert hatte und seinen Kollegen aus dem Reform-Klub schuldete. Zweifellos hätte ihn die gewonnene Wette nicht reich gemacht – worum es ihm vermutlich auch nicht gegangen war, da er zu denen gehörte, die um der

Ehre willen wetten –, doch die verlorene Wette bedeutete seinen absoluten Ruin. Es blieb also nur noch das zu tun, was zu tun war.

Ein Zimmer des Hauses hatte er für Frau Aouda herrichten lassen, die völlig verzweifelt war. Aus gewissen Andeutungen Herrn Foggs glaubte sie verstanden zu haben, dass er etwas Furchtbares plante.

Man weiß ja, dass die Besessenheit von einer fixen Idee manchmal zu extremen Handlungen führen kann. Passepartout ließ seinen Herrn deshalb nicht mehr aus den Augen.

Zunächst jedoch war er in sein Zimmer gerannt und hatte das Gas abgedreht, dass nun seit achtzig Tagen brannte. Die Gasrechnung im Briefkasten erinnerte ihn daran, dass er unbedingt Kosten sparen musste.

Herr Fogg legte sich schlafen, Passepartout wachte wie ein Hund vor seiner Tür und Frau Aouda machte während der ganzen Nacht kein Auge zu.

Am nächsten Morgen befahl Herr Fogg in knappen Worten, für Frau Aouda ein ordentliches Frühstück herzurichten. Er selbst würde sich mit einem Stück kaltem Braten und einer Tasse Tee begnügen. Außerdem solle Passepartout ihn bei der jungen Frau entschuldigen, weil er weder das Frühstück noch das Mittagessen mit ihr gemeinsam einnehmen werde. Er brauche den ganzen Tag, um seine Angelegenheiten zu ordnen, bäte jedoch um die Erlaubnis, sie am Abend für eine kurze Unterredung aufsuchen zu dürfen.

Passepartout kannte jetzt sein Tagesprogramm und hatte sich danach zu richten. Er sah seinen Herrn an, der völlig ungerührt zu sein schien, und brachte es nicht fertig, das Zimmer zu verlassen und seine Aufträge auszuführen. Mehr denn je gab er sich die Schuld an dieser Katastrophe. Hätte er doch nur den Mund aufgemacht und Herrn Fogg gewarnt, dann hätte dieser den Kriminalinspektor Fix sicherlich nicht bis nach Liverpool mitgeschleppt und dann …

»Gnädiger Herr!«, rief er. »Herr Fogg, es ist alles meine Schuld, verfluchen Sie mich …«

»Ich mache niemandem einen Vorwurf«, sagte Herr Fogg. »An die Arbeit.«

Passepartout suchte Frau Aouda auf und informierte sie über alles. »Madame«, sagte er. »Ich kann einfach nichts mehr tun. Ich habe keinen Einfluss auf meinen Herrn. Wenn Sie vielleicht …«

»Welchen Einfluss könnte ich schon haben«, erwiderte Frau Aouda. »Herr Fogg duldet keine Einmischung. Hat er je das Ausmaß meiner Dankbarkeit begriffen? Hat er je versucht, in meinem Herzen zu lesen? Sie, mein Freund, dürfen ihn keinen Moment allein lassen. Heute Abend wünscht er mich zu sprechen, sagen Sie?«

»Ja, Madame. Zweifellos um Ihren Aufenthalt in England abzusichern.«

»Dann warten wir eben«, sagte die junge Frau gedankenverloren.

Und so kam es, dass an diesem Sonntag das Haus in der Londoner Saville Row noch völlig verlassen wirkte. Denn zum ersten Mal, seit er hier lebte und Big Ben halb zwölf schlug, begab Herr Fogg sich nicht zum Mittagessen in den Reform-Klub.

Warum hätte er sich auch dort zeigen sollen? Seine Klubkollegen erwarteten ihn nicht mehr. Nachdem er nämlich gestern, Samstag, den 21. Dezember, um acht Uhr fünfundvierzig am Abend nicht im Salon des Reform-Klub erschienen war, hatte er seine Wette verloren. Er brauchte nicht einmal seinen Bankier wegen der verwetteten zwanzigtausend Pfund aufzusuchen, weil die Herren ja einen von ihm unterzeichneten Scheck in Händen hielten.

Phileas Fogg brauchte also sein Haus nicht zu verlassen und tat dies auch nicht. Er blieb in seinem Zimmer und ordnete seine Papiere. Passepartout stieg unaufhörlich die Treppe auf und nieder. Dem armen Kerl wurde die Zeit entsetzlich lang. Die Stunden schienen überhaupt nicht mehr zu verrinnen. Immer wieder lauschte er an der Tür seines Herrn, ohne dabei in irgendeiner Weise indiskret sein zu wollen. Sogar durchs Schlüsselloch schaute er und fand, er habe das Recht dazu! Manchmal kam ihm Fix in den Sinn, dem er aber inzwischen nicht mehr böse war. Der Kriminalinspektor hatte sich eben geirrt, so wie sich alle Welt in Herrn Fogg geirrt hatte. Fix hatte nur seine Pflicht erfüllt. Er hingegen, Passepartout ... Der Gedanke bedrückte ihn so sehr, dass er sich für den unglücklichsten Menschen auf der Welt hielt.

Schließlich hielt er es nicht mehr aus so allein zu sein und klopfte bei Frau Aouda an die Tür. Dort setzte er sich in eine Ecke und sah sie wortlos an.

Gegen halb acht bat Herr Fogg die junge Frau um eine Unterredung. Kurz darauf waren die beiden allein.

Phileas Fogg zog einen Stuhl heran und setzte sich, Frau Aouda gegenüber, vor den Kamin. Sein Gesicht war völlig ausdruckslos. Es gab keinerlei Veränderung zwischen dem Fogg, der gestern zurückgekehrt war, und jenem, der vor Monaten aufgebrochen war. Dieselbe Ruhe, dieselbe Ungerührtheit.

Fünf Minuten saß er da, ohne etwas zu sagen. Schließlich blickte er auf und sah Frau Aouda an.

»Gnädige Frau«, sagte er. »Verzeihen Sie mir, dass ich Sie nach England mitgenommen habe?«

»Mich, Herr Fogg! …« entgegnete Frau Aouda mit klopfendem Herzen.

»Bitte lassen Sie mich ausreden. Als ich auf die Idee kam, Sie aus dieser für Sie so gefährlichen Gegend fortzubringen, war ich ein reicher Mann und willens, Ihnen einen Teil meines Vermögens zur Verfügung zu stellen. Sie hätten frei und ohne Sorgen leben können. Jetzt bin ich ruiniert.«

»Das weiß ich, Herr Fogg«, antwortete die junge Frau. »Und jetzt muss ich Sie fragen: Verzeihen Sie mir, dass ich mit Ihnen gegangen bin und – wer weiß – zu Ihrem Ruin beigetragen habe, weil ich Sie aufhielt?«

»Sie hätten nicht in Indien bleiben können, Sie wären dort vor Ihren Verfolgern niemals sicher gewesen und mussten deshalb so weit wie möglich fort.«

»Also glauben Sie«, fuhr Frau Aouda fort, »dass es nicht damit getan war, mich vor einem schrecklichen Tod zu bewahren, sondern dass auch noch meine Stellung im Ausland gesichert werden muss?«

»Ja, gnädige Frau. Allerdings haben sich die Ereignisse gegen mich gewendet. Ich bitte jedoch, das Wenige, das mir verblieb, Ihnen zur Verfügung stellen zu dürfen.«

»Und was wird aus Ihnen?«

»Ich brauche nichts.«

»Und was soll die Zukunft Ihnen bringen?«

»Was ihr gefällt.«

»Wie dem auch sei«, sagte Frau Aouda, »so ein Unglück dürfte einen Mann wie Sie nicht treffen. Ihre Freunde …«

»Ich habe keine Freunde.«

»Ihre Verwandten …«

»Ich habe keine Verwandten.«

»Dann bedaure ich Sie aufrichtig, Herr Fogg, denn die Einsamkeit ist etwas sehr Trauriges. Keinen Menschen, dem man seinen Kummer anvertrauen könnte! Es heißt, geteiltes Leid ist halbes Leid.«

»So sagt man.«

»Herr Fogg«, sagte Frau Aouda, die sich erhoben hatte und ihm ihre Hand hinstreckte, »möchten Sie gleichzeitig eine Verwandte und eine Freundin haben? Möchten Sie mich zur Frau nehmen?«

Bei diesen Worten war auch Phileas Fogg aufgestanden. Ganz gegen seine Gewohnheit schienen seine Augen kurz aufzuleuchten und seine Lippen kurz zu beben. Die Ernsthaftigkeit, die Geradlinigkeit, die Entschlossenheit und die Süße des Blickes einer edlen Frau, die alles wagte, um den zu retten, dem sie alles verdankte, erstaunte ihn zunächst und ergriff ihn dann zutiefst.

Für einen Moment schloss er die Augen, und als er sie wieder öffnete, sagte er: »Ich liebe Sie. Bei allem, was mir heilig ist. Ich liebe Sie.«

Frau Aouda legte ihre Hand auf sein Herz.

Passepartout wurde gerufen und erkannte die Situation mit einem Blick. Ob er glaube, fragte ihn Herr Fogg, dass es schon zu spät sei, Herrn Pfarrer Samuel Wilson von der Gemeinde Mary-le-Bone zu benachrichtigen.

Passepartout strahlte übers ganze Gesicht.

»Dazu ist es niemals zu spät«, sagte er. Es war ja erst fünf nach acht.

»Für morgen, Montag?«

Herr Fogg blickte Frau Aouda fragend an. Sie nickte.

»Für morgen, Montag.«

Passepartout rannte los.

Es ist an der Zeit darüber zu berichten, welcher Meinungsumschwung im Vereinigten Königreich stattfand, nachdem am 17. Dezember der wahre Bankräuber, ein gewisser James Strand, verhaftet worden war.

Über Nacht wurde aus dem Verbrecher Phileas Fogg wieder der ehrenwerte Gentleman, der mit mathematischer Exaktheit eine exzentrische Reise um die Welt machte. Die Zeitungen überschlugen sich in ihrer Berichterstattung, und wie durch Zauberei kamen plötzlich all jene Leute wieder zum Vorschein, die Wetten auf ihn abgegeben hatten, und selbst seine schon fast verstaubten Aktien stiegen wieder steil im Kurs. Auch der alte, gelähmte Lord Albemarle nahm ganz aufgeregt seine Wette wieder auf.

An diesem 17. Dezember fragten sich die fünf Klubkollegen des Herrn Fogg nicht ganz ohne Besorgnis, was wohl aus ihm geworden war? Wo mochte er sein? Sie hatten keinerlei Nachricht von ihm. War er ums Leben gekommen? Hatte er den Kampf aufgegeben oder folgte er nach wie vor seiner geplanten Route? Und würde er am Abend des 21. Dezember, um acht Uhr fünfundvierzig, pünktlich wie die Sonnenuhr, auf der Schwelle des Salons im Reform-Klub stehen?

Man kann sich die Aufregung gar nicht ausmalen, in die das ganze Land in diesen Tagen geriet. Depeschen wurden nach Amerika und Asien geschickt, um etwas über Phileas Foggs Verbleib zu erfahren. Morgens und abends ließ man das Haus in der Saville Row beobachten ... Nichts.

Selbst die Polizei hatte keine Ahnung, was denn nun aus ihrem Inspektor Fix geworden war, der sich auf so unglückliche Weise auf eine falsche Fährte gestürzt hatte. Doch der Wettleidenschaft tat dies keinen Abbruch. Wie auf ein Rennpferd setzte man noch in letzter Minute auf Phileas Fogg und am Samstagabend waren Pall Mall und alle Straßen um den Reform-Klub herum verstopft.

Seit neun Uhr früh hatten sich die fünf Klubkollegen des Gentleman im großen Salon des Klubs versammelt. John Sullivan und Samuel Fallentin, die beiden Bankiers; der Ingenieur Andrew Stuart, Walter Ralph, Direktor der Bank von England, sowie der Brauereibesitzer Thomas Flanagan.

Als am Abend die Uhr im großen Salon acht Uhr fünfundzwanzig zeigte, erhob sich Andrew Stuart und sagte: »Meine Herren, in zwanzig Minuten ist die zwischen Herrn Fogg und uns vereinbarte Frist abgelaufen.«

»Wann ist der letzte Zug aus Liverpool eingetroffen?«, fragte Thomas Flanagan.

»Um sieben Uhr dreiundzwanzig«, antwortete Walter Ralph. »Und der nächste kommt erst nach Mitternacht.«

»Nun, meine Herren«, ergriff Andrew Stuart erneut das Wort. »Wenn Phileas Fogg mit dem Zug um sieben Uhr dreiundzwanzig eingetroffen wäre, müsste er längst hier sein. Wir können also die Wette als gewonnen betrachten.«

»Abwarten«, sagte Samuel Fallentin. »Sie wissen, wie exzentrisch und genau er ist. Er käme niemals zu spät und niemals zu früh.«

Andrew Stuart, der wie immer sehr nervös war, erklärte, gar nichts zu glauben, bis er es sähe. Im Grunde genommen sei das ganze Projekt ja völliger Wahnsinn gewesen, meinte Thomas Flanagan. Bei all seiner Genauigkeit habe Phileas Fogg die Unwägbarkeiten schließlich nicht berücksichtigen können.

John Sullivan verwies darauf, dass sie keinerlei Nachricht erhalten hatten, obwohl es unterwegs genügend Telegrafenämter gegeben habe.

»Er hat verloren«, ergriff wiederum Andrew Stuart das Wort. »Hundert Prozent verloren. Gestern ist übrigens die *China* eingetroffen. Da stand er laut der *Shipping Gazette* nicht auf der Passagierliste. Ich schätze, unser Freund ist vielleicht gerade einmal in Amerika angekommen und wird mindestens zwanzig Tage Verspätung haben. Und der gute Lord Albermarle wird um seine fünftausend Pfund umfallen!«

Die Uhr zeigte acht Uhr vierzig.

»Noch fünf Minuten«, sagte Andrew Stuart.

Die fünf Herren blickten sich an. Man kann sich vorstellen, dass ihre Herzen schneller schlugen, denn selbst für geübte Spieler war dies eine starke Partie. Natürlich wollten sie sich das nicht anmerken lassen und setzten sich an einen Spieltisch. Sie griffen zu den Karten und schauten gleichzeitig auf die Uhr. »Acht Uhr dreiundvierzig«, sagte Thomas Flanagan und hob ab.

Es wurde still im Salon. Nur von draußen brandete der Lärm der wartenden Menschenmenge herein.

»Acht Uhr vierundvierzig!«, sagte John Sullivan mit unwillkürlich erregter Stimme.

Die Herren legten die Karten nieder und zählten die Sekunden, bis die Wette gewonnen war. Noch fünf, noch vier, noch drei. Auf den Straßen erhob sich lautes Geschrei.

Die Tür des großen Salons öffnete sich. Phileas Fogg, gefolgt von einer Menschenmenge, die nach ihm in den Klub drängte, stand auf der Schwelle.

»Da bin ich, meine Herren«, sagte er.

Erinnern wir uns, dass Passepartout abends um fünf Minuten nach acht – also ungefähr vierundzwanzig Stunden nach ihrer Ankunft in London – von seinem Herrn beauftragt worden war, beim Pfarrer Samuel Wilson das Aufgebot für eine Hochzeit zu bestellen, die am nächsten Tag stattfinden sollte.

Passepartout war begeistert losgelaufen. Der Pfarrer war noch nicht zu Hause, Passepartout wartete auf ihn und es war acht Uhr fünfunddreißig, als er das Pfarrhaus in aller Hast wieder verließ und um sein Leben zu rennen schien. In drei Minuten war er in der Saville Row Nummer 7, stürzte in das Zimmer seines Herrn und brachte kein Wort heraus.

»Was gibt's?«, fragte Herr Fogg.

»Gnädiger Herr …«, stammelte Passepartout. »… Hochzeit … nicht möglich.«

»Nicht möglich?«

»Ja. Morgen geht es nicht.«

»Und warum nicht?«

»Weil morgen Sonntag ist. Heute ist Samstag.«

»Samstag? Ausgeschlossen!«

»Doch, doch, doch!«, schrie Passepartout. »Sie haben sich um einen Tag geirrt. Wir sind vierundzwanzig Stunden früher angekommen. Aber Ihnen bleiben nur noch ein paar Minuten! …«

Passepartout packte seinen Herrn beim Kragen und zog ihn mit sich.

Phileas Fogg, auf diese Weise zum Aufstehen gezwungen, verließ, ohne Zeit zum Nachdenken zu haben, sein Zimmer und sein Haus, sprang in eine Droschke, versprach dem Lenker hundert Pfund, und nachdem dieser zwei Hunde überfahren und fünf Kutschen gerammt hatte, kam er im Reform-Klub an. Als der Gentleman den großen Salon betrat, schlug die Uhr acht Uhr fünfundvierzig.

Phileas Fogg war in achtzig Tagen um die Welt gereist.

Phileas Fogg hatte um zwanzigtausend Pfund gewettet. Und er hatte seine Wette gewonnen!

Aber wie war es nur möglich, dass ein so peinlich genauer und gewissenhafter Mensch wie er sich so hatte irren können? Wieso hatte er bei seiner Ankunft in London geglaubt, es sei Samstag, der 21., wenn es in Wirklichkeit Freitag, der 20., war, also erst neunundsiebzig Tage nach seiner Abreise?

Der Grund hierfür ist denkbar einfach.

Phileas Fogg hatte, ohne sich dessen bewusst zu sein, einen Tag gewonnen, weil er die Reise um die Welt in Richtung *Osten* angetreten hatte. Wäre er in Richtung *Westen* aufgebrochen, so hätte er einen Tag verloren.

Doch da er nach Osten fuhr, reiste er der Sonne entgegen, und mit jedem Längengrad, den er in diese Richtung überquerte, wurden die Tage um vier Minuten kürzer. Die Weltkugel wird in dreihundertsechzig Längengrade eingeteilt, und wenn man diese mit vier Minuten multipliziert, ergibt dies genau vierundzwanzig Stunden – einen ganzen Tag. Also wurde Herr Fogg an diesem Tag, der ja ein Samstag und kein Sonntag war, im Reform-Klub erwartet.

Und wenn Passepartouts berühmte Taschenuhr – die er, wie wir wissen, nie umgestellt hatte – gleichzeitig mit den Stunden und Minuten auch die Tage angezeigt hätte, dann hätten sie es vielleicht früher gemerkt.

Die Wette war gewonnen. Nachdem Phileas Fogg aber unterwegs ungefähr neunzehntausend Pfund ausgegeben hatte, war seine finanzielle Lage nicht gerade rosig. Doch, wie gesagt, dem exzentrischen Gentleman ging es bei dieser Wette um die Herausforderung und nicht darum, ein Vermögen zu gewinnen. Und selbst die verbliebenen tausend Pfund teilte er noch unter dem ehrlichen Passepartout und dem unglücklichen Fix auf, dem er nicht böse sein konnte. Allerdings zog er Passepartout der Ordnung halber die Rechnung für 1920 Stunden Gasverbrauch ab.

An diesem Abend sagte Herr Fogg zu Frau Aouda:

»Ist Ihnen diese Heirat nach wie vor recht, gnädige Frau?«

»Herr Fogg«, entgegnete Frau Aouda. »Es ist an mir, Ihnen diese Frage zu stellen. Sie waren ruiniert, jetzt sind Sie reich …«

»Verzeihung, gnädige Frau. Aber dieses Vermögen gehört Ihnen. Wenn Sie nicht auf die Idee gekommen wären, zu heiraten, dann wäre mein Diener nicht zum Pfarrer Samuel Wilson gegangen, ich hätte meinen Irrtum nicht bemerkt und …«

»Lieber Herr Fogg …«, sagte die junge Frau.

»Liebe Aouda …«, antwortete Phileas Fogg.

Als achtundvierzig Stunden später die Hochzeit stattfand, war Passepartout, und das dürfte wohl jeder verstehen, der stolze, strahlende und verblüffende Trauzeuge der jungen Frau. Hatte nicht er sie gerettet und war nicht er es, dem diese Ehre gebührte?

Am nächsten Morgen aber klopfte er beim ersten Morgengrauen an die Tür seines Herrn.

»Was gibt es, Passepartout?«

»Es gibt … ich habe gerade herausgefunden …«

»Was denn?«

»Wir hätten diese Reise um die Welt auch in achtundsiebzig Tagen machen können.«

»Zweifellos«, sagte Herr Fogg. »Wenn wir nicht durch ganz Indien gefahren wären. Aber wenn wir nicht durch ganz Indien gefahren wären, dann hätte ich Frau Aouda nicht gerettet, und dann wäre sie jetzt nicht meine Frau und …«

Leise und behutsam schloss Herr Fogg die Tür.

Herr Fogg hatte seine Wette gewonnen. Es war ihm gelungen, in achtzig Tagen um die Welt zu reisen. Der exzentrische Gentleman hatte dabei seine bemerkenswerte Genauigkeit und Unerschütterlichkeit unter Beweis gestellt. Und ansonsten? Was hatte ihm dieser Tapetenwechsel bedeutet? Was hatte ihm diese Reise gebracht? Nichts.

Gut. Also nichts. Wenn man von einer charmanten Frau absieht, die ihn, so unwahrscheinlich das klingen mag, zum glücklichsten Menschen auf der Welt machte.

Und dafür kann man schließlich auch einmal um die Welt reisen.